KB099019

없는 사람들을 생각해

없는 사람들을 생각해

정지혜   연작소설

자이언트북스

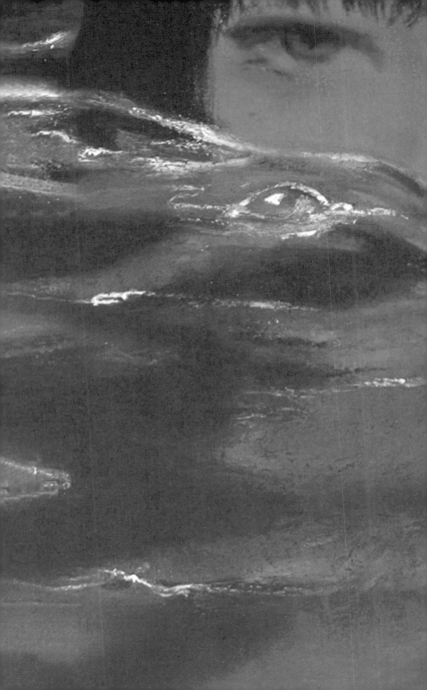

차 례

추천의 말

전건우(소설가)

　바야흐로 '호러'의 계절이다. 이 무더운 여름을 맞이해 '기담'이라는 이름을 달고 수많은 호러 작품이 대중과 만난다. 『없는 사람들을 생각해』는 그중 독보적인 위치를 차지하리라 단언한다. 이 작품은 단순히 자극만을 추구하는 호러·미스터리 소설과는 결을 달리한다. 삶과 죽음에 대해, 혹은 이별과 만남에 대해 이토록 서늘하면서도 아름답게 파고든 작품을 나는 이제껏 보지 못했다.

　훌륭한 호러 소설은 단순히 공포의 감정을 불러오는 데만 집중하지 않는다. 공포라는 감정이 슬픔, 회한, 분노, 혹은 쓸쓸함으로 바뀔 때 호러 장르의 가치는 빛을 발한다. 그런 점에서 보자면 『없는 사람들을 생각해』는 '훌륭한' 호러 소설이다.

　기이한 섬 '목야'를 배경으로 하는 세 개의 이야기는 각각 관련이 없는 듯하다가 예상치 못한 지점에서 접점을 보여준다. 각기 다른 이야기 모두 완성도 높지만, 연작으로 생각하며 읽었을 때 작가가 숨겨 놓은 또 하나의 기승전결 구조를 발견하는 기쁨을 누릴 수 있다.

정지혜 작가는 세심한 이야기꾼이다. 전작『다마논드호』에서도 그 정교함이 잘 드러났는데 이번 작품에 이르러 한층 더 성숙한 시선으로 이야기를 세공해낸다. 그 솜씨 앞에 나는, 그리고 이 작품을 읽게 될 독자는 섬뜩함과 슬픔을 지나 그리움에 닿게 될 것이다.

호러를 사랑하는 사람으로서, 이 장르에 애정을 지닌 새로운 작가를 만난다는 건 언제나 큰 기쁨이다. 정지혜 작가는 훌륭한 작가가 많이 포진해 있는 호러 장르 속에서 유독 빛나는 신성이라 부를만하다. 감상적이고 서정적인 호러가 궁금한 독자라면 이 작품을 통해 그 아름다운 실체를 확인할 수 있을 것이다.

지은의 방

눈을 뜬다. 이불 안은 따뜻하고 침대는 폭신하다. 아무런 소음도 들리지 않는다. 아침의 고요는 응달에 파고든 햇살처럼 반갑다. 몸을 일으킨다. 실내용 슬리퍼를 신고 선풍기를 끈다. 창문을 열자 찐득한 여름 공기가 몰려온다. 한여름 밤 창문을 열어놓고 잘 수 없다는 점 말고는 주택에서 혼자 사는 것에 아무 불편함이 없다. 커피머신을 작동시키고 창문을 열어 환기를 시킨다. 습기와 열기는 원두 갈리는 소리에 파묻힌다. 머리를 질끈 묶고 간단히 양치와 세수를 한다. 그사이 커피머신은 깔끔히 커피를 내려놓는다. 냉동실에서 차가운 얼음을 꺼내와 유리컵에 옮겨 담는다. 냉장고에서 미리 삶아놓은 달걀도 한 알 꺼낸다. 과일도 하나 있으면 좋을 것 같다고 생각하며 냉장고 문을 닫는다. 식탁 앞에 앉아 커피를 한 모금 마시고 달걀 껍데기를 깐다. 바스락 부서지는 소리가 귀를 간질인다. 창밖으로 낮은 담장 너머가 보인다. 한적한 동네라 오가는 사람은 거의 없다. 완전한 나의 행복이다. 이 집에 혼자 남겨지길 간절히 바랐다. 오랫동안 간절히 바랐다. 이 집에 나 혼자가 아닌 시절도 있었다. 그때의 이야기를 먼저 들려주려 한다.

*

뭍으로 대학을 간 아빠는 같은 과에서 동기인 엄마를 만났고 두 사람은 어린 나이에 예기치 않게 부모가 되었다. "학교는 자퇴하고 목야로 내려와 가정을 꾸리는 게 어떠냐. 목공소 일도 돕고 말이다."

바다로 둘러싸인 섬, 목야에서 목공소를 운영하던 할아버지가 아빠에게 고향으로 돌아올 것을 권했지만 학업에 미련이 남은 아빠는 나만 홀로 할아버지의 집으로 보냈다. 나는 이 집에서 할아버지와 단둘이 살았다. 할아버지는 내가 부모의 빈자리를 느낄 수 없을 만큼의 사랑을 쏟아부어 주었다. 그때 내게는 결핍이 없었다. 할아버지와 둘이 지내는 것이 행복했다.

할아버지가 엄마와 아빠의 학비를 전부 지원해주었기에 방학 동안 두 사람은 할아버지의 집에 머물러야 했다. 아빠는 할아버지에게 붙들려 억지로 목공일을 배웠고 엄마는 할아버지를 대신해 집안일을 했다. 두 사람 다 나와 가까워지려 애썼지만 어린 부모는 표현에 서툴렀고 책임감은 부족했다. 다시 떠날 사람들이란 걸 알았기에 나 역시도 온 마음을 다 주지는 않았다. 나에게는 할아버지가 있었다. 할아버지면 충분했다. 내 방에 있는 가구는 모두 할아버지의 작품이었다. 엄마와 아빠가 오면 안방을 내주고 할아버지와 나는 내 방에서 지냈다. 할아버지가 만든 침대에서 함께 잤고 할아버지의 손에서 태어난 벤치에 나란히 앉아 책을 읽었다. 그때도 엄마와 아빠는 할아버지가 있든 말든 상관하지 않고 언성을 높이며 싸웠지만 할아버지가 내 옆에 있었기에 견딜만 했다. 할아버지만 있으면 세상에 무서울 것이 하나도 없었다.

할아버지는 내가 열 살이 되던 해에 갑작스레 돌아가셨다. 대학원에 진학해 학업을 이어가고 있던 아빠는 나를 자기 여동생의 집으로 보내려 했다.

"내가 언제까지 당신 뒤치다꺼리를 해야 해? 되지도 않는 공부는 집어치우고 목공소나 이어받아."

대학 졸업 후 먼저 취업해 홀로 생활비를 벌어오던 엄마가 아빠에게 소리쳤다. 그렇게 나의 지옥 같은 생활이 시작되었다. 할아버지가 떠난 집에 엄마와 아빠가 들어와 살게 된 것이다.

엄마와 아빠는 사이가 좋지 않았다. 둘은 서로를 태울 듯 뜨겁게 싸웠다. 고성이 오갔고 막말이 난무했다.

"내가 누구 때문에 이 좁아터진 섬에 들어와 사는데!"

목야에서의 생활을 갑갑해 하던 엄마가 불만을 터트리면서 싸움이 시작되곤 했다.

"네가 목야로 돌아가자며! 지금 누굴 탓하는 거야!"

아빠는 목공소에서 얻어온 피로를 엄마에게 다 풀어버리겠다는 듯이 쏟아냈다.

"애만 아니었음 너랑 진작 끝냈어!"

"누가 낳으래? 누가 낳으라고 했냐고!"

결론은 항상 같았다. 나 때문에. 내가 태어났기 때문에. 전쟁통에 산다는 게 뭔지 알 것 같았다. 바닥을 구르고 벽을 내리찧고 가슴을 두드리는 자학의 소음은 충분히 폭력적이었다. 초반에는 둘 사이에 끼여 함께 싸웠다. 할아버지를 돌려내놓으라고 고래고래 소리치며 울기도 했다. 하지만 나는 부모 사이를 봉합할 수 있을 만한 존재가 아니었다. 내가 갈등의 씨앗이었기 때문에 할아버지와 살던 때의 행복한 일상을 되찾는 건 빠르게 포기했다. 대신 할아버지의 손길이 가득한 내 방을 지켜내는 것에 최선을 다하기로 했다. 바깥이 아무리 소란스러워도 방안에 있으면 그나마 숨 쉴 수 있었다.

싸움에 지칠 때면 두 사람은 서로를 못 본 척했다. 그 기간이라도 고요히 지내고 싶었지만 그럴 수 없었다. 방문은 쾅 닫혔고 물건은 버려지듯 던져졌고 비난 섞인 혼잣말이 한숨처럼 비집고 나왔다. 사람의 냉기는 겨울의 한파보다 더 매서웠다. 보일러를 아무리 틀어도, 햇볕이 내리쬐어도 집안은 언제나 냉골이었다. 옷을 껴입어도 해결되지 않는 한기에 마음은 늘 시렸다. 엄마와 아빠의 잘못 만은 아니었다. 어느 한 사람이 책임져야 할 일도 아니었다. 그저 둘은 맞지 않는 사람들이었다. 서로를 위해 희생하기에는 사랑이 모자랐다. 그러면 포기하면 될 텐데 고집스럽게도 관계를 이어나가려 애썼다. 싸움 말고는 다른 방법을 몰랐던 것일지도 모르겠다. 소리 내기를 포기해 아무하고도 싸우지 않은 내가 제일 먼저 지쳤다. 평화를 기대할 만큼 순진하지 않았다. 사랑을 갈구하고 싶지도 않았다. 그저 집에 아무도 없었으면 좋겠다는 생각을 매일같이 했다. 아무도 집으로 돌아오지 않았으면 하고 바랐다. 이 집이 바닷속으로 잠겨버렸으면 했다. 할아버지와 단둘이 살던 시절로 간절히 돌아가고 싶었다.

그러던 어느 날 중학교 3학년 때 일이다. 그 무렵 학교에서 흥미로운 이야기가 나돌았다. 한 전학생이 전파시켰다는 강령술에 관한 이야기였다. 귀신을 불러온 다음 숨바꼭질하며 같이 놀 수도 대화를 나눌 수도 소원을 빌 수도 있는 방법이 있다고 했다. 중학생들의 호기심을 자극할 만한 단어들이 가득했다. 강령술의 방법은 언급하지 않겠다. 이 글을 읽은 누군가가 무심코 따라 할까봐 겁이 난다. 의식

과정에서 빙의될 가능성도 존재한다. 종료 의식까지 완벽히 치르지 않으면 완전히 몸을 빼앗겨버릴 수도 있다. 너무 위험한 의식이므로 그 어떤 이유를 들먹이더라도 절대 소개하지 않을 것이다. 먼저 경험해본 자의 충고이니 흘려듣지 말았으면 한다.

그때 아이들은 쉬는 시간이면 강령술 체험담을 들으러 한곳으로 우르르 몰려갔다. 그러면 누군가가 으스대며 의식을 실감나게 재연했다. 진짜인지 가짜인지는 중요하지 않았다. 강령술이란 단어 자체에 열광했다. 너도나도 당장이라도 해볼 듯 설레발쳤지만 선뜻 시도하기를 두려워했다. 나 역시 강령술에 도전할 생각은 추호도 없었지만 누군가 하겠다고 하면 뜯어말릴 생각은 없었다. 귀신이 정말로 나타날지 궁금했으니까. 그리고 마침내 우리 반에도 용기 있는 애가 나타났다.

그 애는 하필 내 단짝 친구였다. 중학교 입학식날 만나 삼년 동안 매일 같이 얼굴을 보고 지낸 미우였다. 미우에게는 좋아하는 남자애가 있었는데 세 번 고백했고 세 번 다 거절당했다. 미우는 그 남자애의 마음을 돌려놓겠다고 했다. 귀신의 도움으로 고백에 성공하게 된다면 그게 진심인지 어떻게 아느냐고 물었다가 절교당할 뻔했다. 미우는 의리를 앞세우며 반드시 같이해야만 한다고 졸랐다. 나는 무서워서 싫다고 했다. 강령술에 성공해서 귀신이 나타나기라도 하면 어떻게 할 것인가. 귀신과 한 공간에 있다고 생각하는 것만으로도 온몸에 소름이 끼쳤다.

"귀신은 어디에나 있어. 지금 우리 옆에도 있을걸?"

미우가 목소리를 깔고 주변을 둘러보며 말했다.

"여기 있다고?"

"응. 학교에 귀신이 많다고 하잖아."

"그럼 왜 굳이 강령술을 하려고 하는 건데? 여기 많은데 뭘 또 불러."

"내 눈에 안 보이니까. 강령술의 목적은 귀신과의 소통이라고. 보이거나 들리게 만드는 거."

"허공에다 떠들어봐. 여기 있다면 다 듣고 있겠지."

괜스레 살갗으로 무언가 스치고 지나간 기분이 들어 몸이 부르르 떨렸다.

"안 믿는구나?"

"안 믿는 게 아니라 안 믿고 싶은 거지. 넌 무섭지도 않아?"

"전혀. 우리가 상대할 건 귀신이라기보단 아직 천국에 가지 못한 가엾은 영혼들이랬어."

"네가 어떻게 알아?"

"전학생한테 들은 거야."

"무서운 귀신이 들러붙으면 어떡해."

"그런 귀신은 나쁜 놈들한테나 가는 거랬어. 뉴스에 나오는 범죄자들 있잖아. 막 타인을 때리고 죽이는 무서운 사람들."

귀신에 대해 말할 때는 태평하기만 했던 미우가 인상을 구기며 몸을 부르르 떨었다.

전학생의 말이 사실이라면 나한테는 아주 무서운 귀신이 찾아올지도 모른다. 이미 마음속으로는 여러 번 살인을 했으니까. 나는 내가 역겨웠다. 죽일 것처럼 싸워대는 내 부모가 진짜로 서로를 죽이는 상상을 하곤 했으니까. 그런 일이 언제고 반드시 일어날 것만 같았다. 집에 들어가기 전에는 대문 밖에서 심호흡을 한다. 오늘이 그날일까. 피투성이가 된 집안에서 홀로 서 있는 내 모습을 떠올리면 슬프고 후련했다. 그리고 무서웠다. 그런 상상을 하는 내가, 그런 날을 기다리고 있는 내가 역겹도록 무서웠다. 나도 뉴스에 나오는 그들만큼이나 사악하다. 어쩌면 그들보다 더 사악할지도 모른다. 내 부모의 전쟁을 내 손으로 직접 끝내버리고 싶기도 하다. 차마 입 밖으로 꺼낼 수 없는 상상을 하며 하루하루를 견뎌왔다. 나보다 더 악한 인간이 있을까. 벌받을 거야. 그런 상상을 하다니. 천벌받을 거야. 그런 일이 실제로 일어나기 전에 사라져버리고 싶기도 했다. 내가 나를 저주했다. 나도 화목한 가정에서 자랐다면 미우처럼 귀신과 거리를 둘 수 있었을까. 강령술 따위 겁내지 않고 도전할 수 있었겠지.

"좋아. 같이해, 강령술."

"진짜?"

"진짜."

미우는 신나서 폴짝폴짝 뛰었다.

왜 그런 결정을 내렸는지 잘 모르겠다. 무서운 귀신이 나를 찾아올지도 모르는데. 내가 얼마만큼 악한 존재인지 알아보고 싶은 걸까. 엄마와 아빠가 그만 싸우면 좋겠다는 바람을 전하고 싶은 걸까. 좋아하는 친구의 부탁이라 거절하기 어려웠던 걸까. 아니다. 나는 내가 더 악해지는 꼴을 두고 볼 수가 없었던 거다. 귀신에게라도 부탁하고 싶었다. 내 분노가 사그라지게 해달라고. 내가 그만 악해지게 해달라고. 집이 좀 조용해졌으면 좋겠다고.

강령술을 하기로 약속한 날에 태풍이 목야를 관통했다. 해안선 곳곳이 바위와 절벽으로 절경을 이루는 경이로운 섬인 목야도 태풍 앞에선 한없이 연약해졌다. 태풍이 지나갈 때마다 피해가 막심했다. 학교는 당연히 휴교령이 내려졌고 태풍이 완전히 통과할 때까지는 외출도 자제해야 했다. 바람이 얼마나 세게 부는지 창문이 날아갈 것처럼 덜컹거렸다. 남들이 집안에서 바깥 상황을 주시할 때 나는 방안에서 거실 상황을 주시했다. 티브이에서 뉴스 속보가 나오고 있었다. 아빠는 안방에 있는 것 같았고 엄마는 주방에서 라면을 끓여 먹는 것 같았다. 잠시 고요한 것뿐이다. 얼마 지나지 않아 이 고요함은 깨지고 부서져서 파편이 될 것이다. 소음이 없는 날에 신경이 더 날카로워지는 이유였다. 두 사람이 서로를 무시하며 지내는 기간이 길어질수록 나는 더 예민해졌다. 뾰루지가 터지지도 않고 곪기만 하는 것 같은 기분이라면 이해하려나. 불쾌하고 더러웠다. 나는 싸울 상대도 없어서 내 안의 화는 차곡차곡 쌓이기만 했다.

— 내일로 미룰 거야?

화를 삭이느라 연습장을 박박 찢고 있을 때 미우에게서 메시지가 도착했다.

— 그럼 어떡해.
— 방법을 찾아봐야지.
— 밖에 나가지 말라잖아.
— 네 증오는 참을성이 많나 봐.
— 무슨 말이 하고 싶은데?
— 내 사랑은 참을성이 없어서 내일까지 못 기다릴 거 같아.
— 뭐 어쩌자고.
— 지금 할까?
— 바람이 저렇게 세게 부는데?
— 각자 집에서 하면 되지.

'말도 안 돼'라고 입력하다 지웠다. 말이 안 될 건 없다. 꼭 둘이서 할 필요는 없으니까. 우리는 전화가 연결된 상태에서 한 명씩 강령술을 진행하기로 했다. 의식을 진행하는데 방해가 되지 않게끔 듣고 있는 쪽은 소리를 내지 않기로 했다. 무슨 일이 있어도 말을 꺼내지 않기로. 누가 먼저 의식을 진행할지 묻자 미우는 침묵했다. 참을성이 어쩌고저쩌고하더니 어이가 없었다. 결국 내가 먼저 강령술을 진행하기로 했다. 의식을 하는 쪽이 이상한 낌새를 보이면 태풍이 관통하고 있다 할지라도 서로의 집으로 곧장 달려가주기로 했다. 다시 한번 말하지만 의식의 방법을 자세히 설명하지는 않겠다. 다만 준비물로 머리카락과 손톱, 인형이 필요하다는 것만 말해두겠다.

모든 준비를 마치고 불을 껐다. 다가오는 태풍과 함께 먹구름의 그림자가 방에 드리웠다. 창문은 계속해서 덜커덩거렸고 지붕에 후드득 빗방울 떨어지는 소리가 들렸다. 방바닥에 앉아 전화를 걸었다. 몇 번의 신호음 끝에 미우가 전화를 받았다. 의식을 시작하겠다고 했다. 미우는 약속대로 입을 다물었다. 이제 이곳에는 오직 나와 내가 부를 귀신만이 존재해야 했다. 전학생에게 배워온 준비 의식을 빠짐없이 마쳤다. 나는 가만히 귀신을 기다렸다. 가지런히 모은 손바닥이 축축해지는 것이 느껴졌다. 한편으로는 아무 변화가 없길 바라는 마음도 있었다. 거실에서는 일상적인 소음만 들려왔다. 그릇이 달그락거렸고 티브이가 웅얼거렸다. 한순간 마음이 차분해졌다.

성공했다.

마침내 시야가 깜깜해졌다. 어딘가에 갇힌 게 아니다. 주변이 암흑천지로 바뀐 것도 아니다. 무언가 내 머리를 덮었다. 이상한 소리도 들려왔다.

히힛.

이어폰을 낄 때는 항상 볼륨을 최대로 높이곤 했는데 그 때문에 이명이 생겼다. 그렇지만 그 소리는 이명과 확연히 달랐다. 내 안이 아니라 바깥에서 들려왔다.

찾았다.

전학생은 우리가 귀신을 불러내는 거라고 했다. 그렇게 부른 귀신을 인형 안에 가둬두는 거라고. 그런데 왜 소리는 내 앞에 있는 인형이 아니라 머리 위에서 들려오는 걸까.

왜 이렇게 오래 걸렸어.

그 소리가 자꾸 말을 건다. 이제 뭘 해야 하더라. 내가 강령술을 왜 한다고 했더라. 아무 생각도 나지 않았다. 귀신에게 내가 원하는 바를 요구하라고 했는데. 같이 놀아달라거나 묻는 말에 대답을 해달라거나 소원을 이뤄달라거나. 그 대가는 사람의 머리카락과 손톱이랬다. 그걸 귀신이 왜 필요로 하는지에 대해서는 몰랐다. 전학생이 말해주지 않았다. 머리카락은 셀 수 없을 만큼 많고 손톱은 또 자라니까

대가로 건네는 것에 별 의미를 두지 않았다. 그게 나의 일부라는 생각을 그때의 나는 전혀 하지 못했다.

목이 빠지게 기다렸잖아.

날 기다렸다고? 네가 누군데.

널 지켜줄 존재.

부모도 나를 지키지 못했는데 누가 날 지킬 수 있을까. 내가 얼마나 보잘것없고 초라해 보이면 귀신 따위가 부모의 자리를 대신하려 할까.

나한테 와. 외롭지 않게 해줄게.

네가 뭔데 날 외롭지 않게 해. 다 필요 없어. 내가 원하는 건 그런 게 아니라고!

이제 매일 나랑 놀자. 히힛. 평생 나랑 놀자. 내가 널 웃게 해줄게. 히히힛.

웃음소리가 섬뜩했다. 이건 아니다. 상상하고 각오했던 것보다 더 섬뜩하고 불쾌했다. 당장 종료 의식을 진행해야 했다. 전학생이 뭐라고 했더라. 메모지에 빠짐없이 적어놨는데 당황해서 메모지를 어디에 뒀는지 생각나지 않았다.

네 부모는 널 싫어하지만 난 네가 맘에 들어.

알고 있다. 그딴 말은 해주지 않아도 된다. 내 부모가 나를 쳐다볼 때의 눈빛만으로도 충분히 알 수 있었다. 무언가 위로를 건네듯 천천히 내 머리를 감쌌다.

울어도 좋아.

검고 긴 머리카락이 천장에서부터 내려와 내 얼굴을 덮었다. 얼마나 부드럽고 향기로운지 그것에 푹 기대어 안기고 싶었다. 눈물이 얼굴을 타고 흘러내렸다. 귀신 따위가 건네는 위로에 눈물이 나다니. 어이가 없어 분통이 터졌다. 방문만 열고 나가면 나를 낳은 사람들이 있다. 그들은 내게 서로의 험담만 내뱉는다. 다른 말은 건네지 않았다. 밥은 먹었는지, 친구는 사귀었는지, 요즘 고민은 없는지.

네가 원하는 걸 이뤄줄게.

그것이 귓가에 대고 속닥였다. 내가 뭘 원하는지 네깟 게 어떻게 알아. 그 순간 퍼뜩 떠올랐다. 내 부모가 다툼 끝에 서로를 처참히 죽이는 모습과 고요해진 집안에 혼자 남겨진 내 모습이.

히히힛.

그것은 웃으며 내 머릿속을 휘젓고 다녔다. 아니라고 부정할 수가 없었다. 모두가 나를 비난하겠지. 자식이 되어 어떻게 그런 상상을 할 수 있느냐고. 아무도 나를 이해해주지 않겠지.

난 널 이해해.

그것이 내 눈물을 빨아들였다. 보드랍고 향긋한 머리카락이 축축하게 젖어나갔다. 그만해. 날 좀 내버려두라고. 손을 올려 머리카락을 걷어냈다.

내가 있잖아.

그것이 내 머릿속을 완벽히 점령했다. 싸움을 도저히 멈출 수 없게 된 내 부모가 죽음으로 파멸한다. 아니야, 아니라고. 내가 원하는 건 그런 게 아니란 말이야!

맞잖아. 난 널 잘 알아.

내가 뭘 어쩔 수 있었겠어. 너무 무서웠단 말이야. 지옥 같았단 말이야. 죽일 듯 싸워대는 걸 보고 있으면 그런 결말이 자연스레 떠오른단 말이야. 내가 얼마나 무서웠는데. 내가 얼마나 외로웠는데.

넌 특별해. 완벽한 존재야.

머리카락에 압사당할 것 같았다. 아무리 걷어내도 소용없었다. 머리카락이 나를 집어삼킬 듯 덮어가고 있었다. 온몸이 벌벌 떨렸다. 숨통이 막혔다. 몸부림칠수록 그것은 내 몸을 더 세게 옥죄었다. 그것이 내 몸에 똬리를 틀기 전에 무슨 수를 써야 했다. 손을 뻗어 더듬더듬 인형을 찾았다. 손바닥만 한 거북이 인형인데 어릴 때 생일선물로 부모에게 받은 것이었다. 종료의식이 드디어 생각났다. 마음이 급했다. 인형을 없애야 했다. 가장 좋은 방법은 태워버리는 것이지만 상황이 여의치 않을 때는 조각조각 잘라버리라고 했다. 머리카락이 내 가슴까지 내려왔다. 갈비뼈가 으스러질 것 같았다. 눈앞을 가린 머리카락 사이에 손가락을 넣어 구멍을 만들었다. 겨우 확보한 시야로 인형의 위치를 파악했다. 머리카락이 다시 눈을 덮어버리기 전에 잽싸게 낚아챘다.

이렇게 끝내려고? 이대로 괜찮아?

괜찮지 않다. 나를 이 상황까지 몰아넣은 부모가 원망스러웠다. 날 두고 혼자 떠나버린 할아버지가 미웠다. 그냥 싸우지 않으면 되잖아. 화목하길 바란 게 아니었다. 한집에서 사는 걸 그만둘 수 없다면 서로 무시하며 살기를 바랐다. 가족이 아닌 것처럼. 모르는 사람들처럼. 방문을 열고 나가 따지고 싶었다. 울부짖고 싶었다. 비명을 지르고 싶었다. 날 좀 보살펴달라고. 내가 망가져가고 있다고. 그들의 눈에는 내가 보이지 않는 것 같았다. 이제는 내 분노를 그들에게 분출하고 싶었다. 화를 삼키고 삼켜 꾹꾹 눌러 밟았던 지난 날을 그들 앞에서 다 터트리고 싶었다. 그래봤자 소용없을 테지만. 아무것도 바뀌지 않을 테니까. 내가 그들에게 불행을 초래한 장본인이니까.

날 믿어봐.

싫어. 속지 않아. 난 아무도 믿지 않거든. 양손으로 인형을 잡고 마구잡이로 파헤쳤다. 인형 속에는 아무것도 없었다. 가위로 싹둑 자른 옆머리 한 줌과 손톱 열 개를 싸놓은 종이가 통째로 사라졌다.

히히힛.

그것은 나를 놀리듯 힘을 풀더니 놓아주었다. 전학생은 인형만 없애야 한다고 했다. 내 머리카락과 손톱도 같이 없애라는 말은 한 적이 없었다. 인형의 속을 채운 솜을 다 꺼내도 머리카락과 손톱을 찾을 수가 없었다. 태풍이 더 가까워졌는지 빗줄기가 창문을 때리는 소리가 거세졌다. 주변도 점점 어두컴컴해졌다. 머리카락은 나를 감시하듯 빙 둘러싸고 있었다. 좁은 새장에 갇힌 것 같았다. 원하는 게 뭐야. 나한테 왜 이래.

날 부른 건 너야.

바닥에서 일어서려고 하자 그것이 단숨에 내 목을 휘감았다. 숨이 막혔다. 켁켁거리며 미우의 이름을 불렀다. 아직 전화가 연결되어 있었다. 내가 죽기 전에 미우가 도착할 수 있을까. 바깥을 향해 도움을 요청해야 했다. 엄마…… 아빠……. 아무리 불러도 소용없었다. 부모는 내 목소리에 귀를 기울이지 않았다. 내 존재를 잊고 사는 것 같기도 했다. 몰랐던 것도 아닌데 또 한번 상처받았다.

내가 늘 너와 함께할게. 히히힛.

그것이 나를 위로 끌어당겼다. 나는 허공으로 떠오르며 발을 굴렀다. 발버둥칠수록 목이 점점 더 졸렸다. 미우가 걱정되었다. 괜히 불렀나. 내 방에 들어왔다 같은 꼴을 당하면 어쩌지. 이 집에는 우리를 구해줄 어른이 없는데. 머리가 뿌옇게 흐려졌다. 그것이 나를 완전히 집어삼켰다. 눈앞이 아득히 멀어져갔다. 이렇게 죽는 건가. 부모와 같이 사는 집에서 홀로. 슬프고 후련했다.

*

　알람 소리에 눈을 떴다. 이불 안은 따뜻했고 침대는 폭신했다. 몸이 가뿐했다. 창밖으로 보이는 하늘은 맑고 깨끗했다. 죽은 줄 알았는데 죽지 않았다. 날짜를 확인했다. 꼬박 하루가 지나 있었다. 몸을 일으켰다. 꿈이었나. 그럴 리가 없다. 꿈으로 치부하기에는 너무 생생했다. 침대 아래를 살폈다. 인형이 사라졌다. 방을 샅샅이 뒤져봐도 인형은 온데간데없었다. 늘 머리맡에 두고 잤는데 딱히 애정이 있었던 건 아니고 인형의 자리가 따로 정해져 있었을 뿐이다. 꿈과 현실을 구분하지 못할 정도로 신경이 예민해진 걸까. 검은 머리카락이 아직도 얼굴 위를 스멀스멀 기어다니는 것 같은 기분에 손으로 피부를 벅벅 긁어봐도 그 느낌은 사라지지 않았다. 꿈일 리 없잖아. 꿈일 리가 없어. 미우에게 전화를 걸었지만 늦잠을 자는 것인지 받지 않았다. 지금 집으로 가겠다는 메시지를 남기고는 미우의 집으로 전속력을 다해 뛰었다. 가면서도 계속 전화를 걸었다. 집 앞에 도착했을 때 미우가 잠긴 목소리로 전화를 받더니 문을 열어주었다. 집 안에서 된장찌개와 갓 지은 밥 냄새가 났다. 배에서 꾸르륵 소리가 났다. 전날부터 아무것도 먹지 않았다는 사실이 생각났다.

　"밥 먹고 가."

미우의 엄마가 국자를 흔들었다.

미우는 한 번도 내 부모를 만난 적이 없다. 그들이 집을 비운 날에만 놀러왔다. 내가 유일하게 집안 사정을 다 이야기하는 친구였다. 내가 죽을상을 하고 앉아 있으면 미우가 다가와 '싸우지 않는 부부는 없대' 하고는 위로해주었다. 같은 처지가 아니면 그 마음을 온전히 이해할 수 없다. 미우는 나의 지옥을 모른다. 그럼에도 미우의 목소리는 희한하게 위로가 되었다.

미우는 반쯤 감긴 눈으로 휘적휘적 걸어가 식탁 앞에 앉았다. 매일 이런 밥을 먹는 걸까. 아무리 친해도 물어볼 수 없는 말이 있었다. 미우는 내가 집에서 밥도 잘 먹지 못한다는 것까지는 알지 못한다. 그래서 악착같이 급식을 챙겨먹었다. 집에 밥이 없는 건 아니었다. 김도 있고 라면도 있지만 엄마와 아빠 둘 중 하나라도 집에 있으면 밥이 잘 넘어가질 않았다. 급하게 먹어 체하기 일쑤였다. 혼자 있을 때도 마음이 편하지 않았다. 누가 갑자기 집에 들이닥칠까 두려워 서두르게 되었다. 한 숟갈 씹어 삼킬 때마다 음식이 가슴에 턱턱 걸렸다.

우리가 밥을 먹는 동안 미우의 엄마는 소파에 앉아 드라마를 봤다. 미우의 아빠는 일찍이 운동을 나가고 없었다. 한 그릇을 금세 비운 나와 달리 미우는 먹는 둥 마는 둥 하더니 숟가락을 내려놓았다. 나는 미우가 남긴 밥까지 몽땅 먹어치웠다.

"잘 먹어서 좋네. 들어가서 놀아."

내가 설거지를 하려고 개수대 앞에 서자 미우의 엄마가 다가와 과자를 한 봉지씩 쥐여주며 등을 떠밀었다. 미우는 그제야 잠이 좀 깨는지 내 팔을 끌어당기며 나를 방으로 데리고 들어갔다. 할 이야기가 많았다. 물어볼 말도 많았다. 미우는 침대에 걸터앉고 나는 책상 의자를 돌려 마주앉았다. 미우는 느긋하게 과자봉지를 뜯으며 요즘 제일 좋아하는 과자라는 둥 새로 나온 맛이 슈퍼에 안 들어와서 주인에게 말을 해놨다는 둥 쓸데없는 말만 잔뜩 늘어놓았다.

"왜 안 물어봐?"

아침부터 집까지 찾아온 목적을 뻔히 알 텐데도 미우는 간밤의 일을 입에 올리지 않았다. 평소의 미우라면 하나부터 열까지 빼먹지 말고 말하라며 호들갑을 떨었어야 했다. 그쯤 되자 헷갈리기 시작했다. 간밤의 일은 정말 꿈이었을까. 끔찍한 악몽이었던 걸까. 그럼 다행인데. 그런 거라면 정말 좋겠는데. 인형은 어디로 사라졌는지 모르겠지만. 애초에 그런 인형은 없었던 건지도 모른다. 부모가 나한테 그런 선물을 줄 리 없었다. 나를 낳은 걸 후회하는 사람들이니까.

"뭘?"

미우가 과자를 아그작 씹으며 심드렁하게 물었다.

"어제 내가 먼저 강령술 했잖아."

"아…….."

"꿈은 아닌가보네."

"근데 그거 이미 다 말해줬잖아."

미우는 내 말을 듣더니 길게 하품을 했다.

"응?"

"어제 강령술 마치고 한 시간이나 통화했잖아."

"우리가?"

"기억 안 나?"

"응."

"하나도?"

"어렴풋이 나는 것 같기도 하고."

미우의 눈에 경계심이 가득했다. 솔직하게 말해서는 안 될 것 같았다. 어젯밤 태풍이 왔다 가는 것도 모를 정도로 부모가 크게 싸우는 바람에 머리가 너무 아파 쓰러지듯 잠들었다고, 스트레스를 많이 받아 기억이 끊긴 거 같다고 대충 둘러댔다.

미우는 측은한 얼굴로 간밤에 우리가 나눴던 대화를 들려주었다. 나는 기억하지 못하는 시간이었다. 나의 강령술은 실패했다. 전학생이 알려준 대로 다 했는데도 아무 반응이 없었단다. 긴 머리카락이 목을 졸랐었는데. 미우에게 도와달라고 소리쳤었는데. 미우는 그런 적 없다고 했다. 귀신을 부르는 데에는 실패했지만 종료 의식까지 완벽하게 마무리했다고 내가 말했단다. 휴대폰 스피커에서 들려오는 소리로 미우도 확인했다고 했다. 내가 가위로 서걱서걱 인형을 잘라 없앴단다. 그러고 나서 미우에게 어차피 실패할 강령술에 시간 낭비하지 말라고 했단다. 마침 태풍이 섬을 관통하고 있을 때라 미우도 더는 시도하지 않고 거실로 나갔다. 혼자 방에 있고 싶지 않았다고 했다.

"네 사랑은 그 정도였구나."

내가 해줄 수 있는 말은 그것뿐이었다. 내 증오가 더 간절했다고 말할 수 없었다. 천장에서 머리카락이 내려와 나를 휘감고 질식시키려 했으며 내 기억은 거기서 끊어져 너와 통화한 기억은 없다고 말할 수는 없었다. 대신 '맞아, 그랬지' 하고 맞장구치며 기억이 떠오르는 척했다.

그날 이후 많은 것이 달라졌다. 가장 많이 달라진 건 나였다. 그리고 내 소원도 이루어졌다. 지금부터 들려줄 이야기는 그 변화에 대한 것이다.

*

부모에게 각자 만나는 사람이 생겼다. 두 사람이 동시에 집을 비울 때가 많았다. 나에게 미안해서인지 둘은 집에서 처음으로 내 눈치를 봤다. 여전히 서로를 마주할 때는 으르

렁댔지만 예전처럼 시끄럽게 굴진 않았다. 얼마 지나지 않아 둘은 결국 이혼을 했다. 이혼의 유일한 걸림돌은 나였다. 서로에게 나를 떠넘기기 바빴고 끝끝내 선택권은 나에게 주어졌다.

누구와 같이 살기 원하느냐는 질문에 누구와 같이 살겠다는 말 대신 그냥 이 집에 남겠다는 대답을 했다. 내 방에서 계속 살고 싶었으니까. 엄마가 집에서 나가기로 했기 때문에 나는 아빠와 살게 되었다. 엄마가 없어도 달라지는 건 없었다. 그다지 불편하지도 않았다. 밥은 급식으로 충분했고 가끔 미우의 집에서 얻어먹기도 했다. 아빠와 만나는 아줌마가 반찬을 한가득 만들어 냉장고에 넣어두었다. 내가 학교에 간 사이 청소도 해놓고 가는지 집이 깨끗했다. 정작 나는 이런 생활이 나쁘지 않았지만 동네 아줌마들은 우리 집에 웬 여자가 들락린다며 대놓고 수군거렸다. 나는 졸지에 목야에서 가장 불쌍한 아이가 되었다. 측은한 시선을 즐겼다. 어느 때보다 보살핌을 받는 느낌이었다.

엄마는 가끔 나에게 연락을 해서 아빠의 안부를 물었다. 그런 게 왜 궁금한지 도저히 이해되지 않았다. 엄마는 그 남자와 잘 지내지 못하는 건지 집으로 돌아오고 싶다는 뜻을 은근히 내비쳤다. 엄마는 나의 안부를 묻지 않았다. 나도 엄마에게 잘 지내는지 묻지 않았다. 대신 아빠는 아주 잘 지낸다는 소식을 알려주었다. 아빠가 아줌마와 재혼을 결정했기 때문이었다.

아빠와 재혼한 아줌마는 괜찮은 사람 같았다. 나와도 잘 지내려 노력했다. 집에서 따뜻한 밥도 먹을 수 있게 되었다. 아빠는 이전보다 다정해졌다. 아빠가 저렇게 잘 웃는 사람이었나. 아빠와 아줌마의 웃음소리가 곧잘 들려왔다. 그 사이에 내가 낄 수는 없었다. 나는 예전과 같이 주로 내 방에 머물렀다. 지금의 균형을 깨고 싶지 않았다. 아빠는 재혼하기 전 나에게 멀리 고모네에 가서 살 생각이 있느냐고 넌지시 물은 적 있었다. 처음으로 아빠가 다정하게 말을 건넨 순간이었다. 나는 고개를 저었다. 따뜻한 말투에 넘어갈 정도로 순진하지 않았다. 내 방에서 계속 살고 싶었다. 정 나랑 살기 싫다면 아빠가 고모와 함께 사는 방법을 택하면 좋을 텐데. 이 집에서 조용히 지내는 게 내 소원이었다. 다만 기억을 잃은 순간에 내가 무슨 짓을 할지 모르는 게 걱정이었다. 자칫 아빠에게 꼬투리를 잡히면 쫓겨날 가능성도 있었다.

강령술 이후로 나는 가끔씩 기억을 잃었다. 싹둑 잘려나간 기억을 되찾을 방법은 없었다. 그때 내가 무엇을 하고 다녔는지는 눈치껏 주변 사람들의 반응으로 미루어 짐작했다. 나는 기억이 없는 동안에도 겉보기에는 멀쩡히 돌아다니며 일상을 살아냈다. 새장 속에 갇힌 기분이었다. 기억이 나지 않는 시간이 조금씩 길어졌다. 온전히 기억하고 있는 순간도 의심스러웠다. 멍하니 있다 보면 스멀스멀 내 안을 기어다니는 존재가 느껴져 흠칫 놀랄 때가 많았다. 기억을 잃은 시간을 점검해야 했다. 그때마다 뭘 했는지 하나하나 되짚어봐야 직성이 풀리곤 했다. 다이어리에 하루를 시간대별로 기록하는 것에 집착했다. 하루의 기록이 종이에 빼곡하게 들어찼다. 원인을 찾자면 분명 강령술 때문일 텐데 해결 방법을 찾기는 어려웠다. 나는 하루를 더 촘촘히 기록했다. 기억이 잘려나간 부분은 주변 사람들에게 물어 채워 넣었다. 미우는 내가 낯설게 느껴지는 순간이 종종 있다고 했다. 신경질을 자주 낸다든가, 평소에 하지 않던 욕을 섞어 말한다든가, 이기죽거리며 기분 나쁘게 대꾸하는 등 예전과 다른 모습을 자주 보인다고 했다. 아빠에게서는 말조심하라는 주의를 들었다. 내가 아줌마에게 욕을 했다는 것이다. 아빠와 엄마가 싸울 때마다 욕설을 자주 내뱉었기에 나는 욕이 진절머리나게 싫었다. 욕을 섞지 않고는 대화가 안 되는 사람을 혐오했다. 그런 내가 욕설을 내뱉었다고……. 잠을 자는 동안에는 안심할 수 있을까. 몸을 묶어놓을까. 스스로를 믿을 수 없는 지경에 이르렀다. 정신을 바짝 차려야 했다. 나를 빼앗기지 않게. 새장 안에 갇히지 않게. 그렇게 나의 아슬아슬한 시간이 흘러갔다.

아줌마에게도 아이가 있었다. 그걸 어떻게 알게 되었느냐면 학교를 일찍 마친 날 우리집 대문 앞을 서성이는 남자애를 보았기 때문이다. 나보다 열 살쯤 어려보이는 남자애가 초인종을 눌렀다. 얼마 지나지 않아 아줌마가 대문을 열고 나왔다. 아줌마는 몹시 화가 난 것처럼 보였다. 남자애의 어깨를 잡고 앞뒤로 흔들었다.

"여기가 어디라고 찾아와!"

아줌마가 무섭게 소리를 쳤다. 내 앞에서 한 번도 보인 적 없는 모습이었다.

"엄마……."

남자애가 엄마를 부르며 아줌마의 소매를 부여잡았다.

"내가 찾아오지 말랬지!"

아줌마는 냉정하게 남자애의 손을 뿌리쳤다. 남자애가 악을 쓰며 서럽게 울었다. 아줌마는 진저리가 난다는 듯 머리에 손을 올리고 한숨을 쉬었다.

"나도 여기서 살래, 엄마랑 살래!"

남자애가 꺽꺽거리며 말했다.

"조용히 해!"

그제야 자신이 동네를 시끄럽게 만들고 있다는 걸 깨달았는지 아줌마가 주위를 살폈다. 내가 마주한 방향으로 할머니 한 분이 멀찍이 서 있었다. 아줌마는 허리를 꼿꼿이 펴고 할머니를 향해 짜증스럽게 고갯짓을 했다. 할머니가 다가가 아이의 손을 끌었다. 아줌마는 더 상대하지 않겠다는 듯 몸을 돌렸다. 그때 나와 눈이 마주쳤다. 아줌마는 당혹스러워했다.

"엄마!"

남자애가 끈질기게 불렀지만 아줌마는 돌아보지 않았다. 할머니의 손에 이끌려 아이가 큰길가로 내려갔다. 아이의 울음소리도 멀어져갔다. 아줌마는 무슨 말을 하려다 말고 집으로 쌩하니 들어가버렸다. 버려진 건 남자애인데 나도 덩달아 버려진 것 같은 느낌이 들었다. 길바닥에 아이가 흘린 눈물이 떨어져 있었다. 시간이 지나도 마르지 않을 것 같은 눈물자국이었다.

"아빠한테는 아무 소리 하지 말아줘. 부탁해."

집에 들어온 나에게 아줌마가 건넨 첫마디였다. 나는 고개를 끄덕였다. 아줌마는 부탁하는 말과는 대비되게 도무지 믿지 못하겠다는 얼굴로 나를 쳐다봤다. 아까 아들을 쳐다볼 때도 저런 경멸스러운 눈을 하고 있었다. 그 후로 아줌마와의 관계가 미묘하게 달라졌다. 아줌마는 나를 볼 때마다 초조해했다. 맹세코 아빠에게 그날의 일을 말할 생각은 없었다. 나와는 아무 상관 없는 일이니까. 내가 바라는 건 집이 평화롭고 고요한 것뿐이니까. 그러나 아줌마는 나를 믿지 못했다.

실은 나도 나를 믿을 수가 없었다. 기억을 잃은 동안에 내 몸은 나의 통제에서 벗어났다. 나는 점점 더 사악해지고 있었다. 미우의 엄마가 간식으로 싸준 샌드위치를 내 멋대로 쓰레기통에 버렸다. 아빠가 해외에서 사다줬다며 자랑하는 친구의 한정판 운동화에 콜라를 쏟아부었다. 그런 일을 왕왕 저질렀다. 내가 기억하지 못하는 나의 모습이었다. 주로 부모의 애정을 과시하는 애들에게 분노가 쏠리는 것 같았다. 아빠가 학교에 불려왔다. 아빠는 담임에게 나를 따끔하게 훈육시키겠다고 말하며 고개를 조아렸다. 그날 아빠에게 죽도록 혼났다. 아줌마는 식탁 의자에 앉아 그 모습을 고스란히 눈에 담았다. 나의 참모습이 어떤 것인지 다 알고 있다는 듯 혐오스러운 눈빛이었다.

히히힛.

그것이 또 꿈틀거렸다. 억울했다. 내가 아니라 그것이 저지른 짓인데. 그것은 아랑곳하지 않고 내 머릿속 깊숙한 곳까지 파헤치며 돌아다녔다. 나는 또 기억을 잃을 것이다. 그때 내가 무슨 짓을 저지를지 누가 알겠는가. 기억이 나지 않는다는 핑계로 용서받을 수는 없을 것이다. 그때의 나도 나니까.

그즈음 동네에서 사고가 일어났다. 남자 하나가 바다에

빠져 죽었다. 갯바위에서 낚시를 하다가 파도에 휩쓸렸다고 했다. 우리집 근처에 사는 젊은 부부였다. 내가 그 집을 기억하는 건 우리집과 상황이 무척이나 비슷했기 때문이었다. 부부가 얼마나 싸워댔는지 집 앞을 지날 때마다 하루도 조용한 날이 없을 정도였다. 그 집도 어린 딸을 키우고 있었는데 그 아이가 걱정은 되었지만 상관하지 않았다. 싸움판이라면 지긋지긋했으니까. 혼자 남겨진 여자는 일손이 필요하다는 데에는 열 일 제쳐두고 달려가야 했다. 갚을 돈도 많았고 어린 딸도 먹여 살려야 했다. 그 애는 겨우 다섯 살이었고 유치원에 다녀온 아이를 돌봐줄 사람이 필요했다.

아줌마는 자진해서 아이를 돌봐주겠다고 했다. 얼마나 지극정성인지 아줌마가 그 애를 낳은 게 아닌가 의심이 들 정도였다. 학교를 마치고 집에 오면 그 애가 있었고 주말에도 그 애가 있었다. 아빠도 불편한 내색을 내비치지 않았다. 순한 아이였다. 주는 대로 잘 받아먹었고 시키는 대로 잘 따랐다. 무슨 이유인지 나를 좋아해서 내 방문을 자주 두드렸다. 나는 절대 방문을 열어주지 않았다. 내 방에 누군가 들어오는 게 싫기도 했지만 그 애가 훌쩍이는 소리를 듣는 건 더 싫었기 때문이다. 내가 기억을 잃은 상태에서 또 무슨 짓을 저지른 것 같았다. 아이의 울음소리를 듣고 달려온 아줌마가 낚아채듯 애를 데리고 갔다. 그 애의 어깨를 감싸 안은 아줌마는 몹쓸 것이라도 목격한 듯 뒤를 돌아보며 눈을 훑겼다. 그런 일을 겪고도 그 애는 계속해서 내 방문을 두드렸다. 사람이 고픈 아이인 것 같았다.

한번은 하굣길에 우연히 시장에 갔다 돌아오는 아줌마와 그 애를 만난 적이 있다. 나도 같이 집으로 걸어가는데 그 애가 내 손을 잡더니 대뜸 언니라고 불렀다. 그리고는 이 집에서 내가 제일 좋다고 귓속말을 했다. 그렇게 끝났다면 좋았을 하루인데 문제는 예기치 못한 곳에서 발생했다. 집 앞에 다다랐을 때 불쑥 엄마가 나타났다. 엄마는 다짜고짜 아줌마의 머리채를 잡고 흔들기 시작했다.

"네가 감히 내 새끼한테 손을 대? 남의 자식 키우기로 했으면 곱절로 잘해야지. 어디 나도 네 새끼한테 손찌검 한번 해봐?"

엄마가 아이를 쏘아보며 소리쳤다. 그 애가 내 뒤로 숨었다. 나는 두 사람 사이를 파고들어 아줌마에게서 엄마를 떼어냈다. 엄마가 손바닥을 탈탈 털자 아줌마의 곱슬머리 한 움큼이 떨어졌다. 이해가 되지 않았다. 왜 갑자기 찾아와서 이 난리인지. 아줌마는 서둘러 아이만 데리고 집안으로 도망치듯 들어갔다. 내가 아직 밖에 있는데도 대문을 쾅 닫고 걸어 잠갔다.

"바보야? 왜 맞고 살아? 전화해서 울면 나더러 뭐 어쩌라고? 너도 때려. 같이 때리라고. 왜 맞고만 있어? 내가 언제까지 네 뒤치다꺼리를 해야 해. 네가 아빠랑 살고 싶다고 했잖아. 그럼 아빠한테 말해야지. 왜 같이 살지도 않는 사람 신경 쓰이게 만들어?"

뭐라고 대답해야 할지 몰랐다. 아줌마가 날 때렸다고? 내가 엄마에게 전화해서 울었다고? 설마, 그럴 리가. 아줌마는 누굴 때릴 정도로 나쁜 사람은 아니었다. 설령 그런 일이 생겼다 해도 내가 엄마에게 전화해 일러바쳤을 리 없었다. 엄마는 또 그러면 경찰에 바로 신고하라는 말을 남기고는 뒤도 돌아보지 않고 떠났다. 어안이 벙벙했다. 휴대폰 통화 목록에는 간밤에 엄마와 통화한 기록이 남아 있었다. 기억이 나지 않았다. 우려하던 일이 벌어졌다. 내가 잠든 사이에 그것이 무슨 일을 저지른 것이다.

그날 밤 아빠는 나에게 불같이 화를 냈다. 내가 아빠와 아줌마 사이를 갈라놓으려고 거짓말을 했다는 거였다. 평소에도 동네 사람들에게 아줌마의 험담을 늘어놓고 다니는 걸 사춘기라고 이해하고 넘어가 줬단다. 아줌마는 아빠 품에 안겨 어린애처럼 울었다. 아빠는 내게 엄마와 살고 싶은 거라면 얼마든지 그래도 된다고 했다. 아줌마의 눈물만 아빠를 아프게 하는가보다. 내 통곡은 아빠의 귀에 들리지 않는 모양이었다. 서러울 건 없었다. 그것이 저지른 짓이라 해도 애초에 그것을 불러들인 건 나였으니까. 그런데도 눈물이 났다. 외로웠다. 아줌마가 싫은 게 아니었다. 엄마와 아빠가 이혼한 것도 이해할 수 있었다. 그저 나도 누군가의 품에서 펑펑 울어보고 싶었다. 그랬다면 내가 그것을 붙잡고 살 일은 없었을 거다. 아무도 나를 돌아봐주지 않아서 이렇게 되어버린 거다.

다음날 울던 자세 그대로 깼다. 어두컴컴했던 방은 환하게 밝아져 있었다. 얼마나 울었는지 눈이 잘 떠지지도 않았다. 이 꼴로는 학교도 못 가겠다 생각하는데 거실에서 화기애애한 소리가 들려왔다. 그 아이였다. 또 우리집에 온 것이었다. 속이 매슥거렸다. 거실에서 들려오는 소리가 역겨웠다. 머리가 무거운 쇳덩이 사이에 끼인 것처럼 아팠다. 문득 예전에 들었던 남자애의 울부짖음이 귀에 울렸다. '엄마, 나도 여기서 살래. 엄마랑 살래…….' 자기 자식은 매몰차게 버렸으면서 남의 자식을 저렇게 챙겨? 아빠도 마찬가지였다. 내가 줄곧 방에 갇혀 있는 걸 알면서. 내가 엄마를 얼마나 싫어하는지 알면서. 내가 자기랑 같이 살고 싶어 남은 게 아니라는 걸 알면서!

아빠와 아줌마가 나누는 얘길 들은 적 있다. 그 애를 집에서 돌봐주는 이유는 단지 불쌍해서라고. 그 애의 엄마는 동네에서 미움받고 있고 돈도 벌어야 하는데 우리 말고 누가 그 애를 봐주겠느냐는 거였다. 그럼 나는 안 불쌍해? 버젓이 부모가 있는데도 방치되며 살아온 내 인생은 괜찮아? 당장에라도 밖으로 나가 물어보고 싶었다. 억울했다. 죽고 싶을 만큼 억울했다. 주변이 좀 조용해졌으면 하는 게 유일한 바람이었는데 자꾸 웃음소리가 들려왔다. 그 애가 웃으면 아줌마가 따라 웃고 아줌마가 웃으면 아빠가 따라 웃었다. 내가 이 방에 있다는 사실을 기억이나 할까. 송곳니로 혀를 씹었다. 주먹으로 허벅지를 내려찍었다. 갈비뼈가 폐를 찔렀다. 뒤틀린 장은 행주처럼 쥐어짜는 느낌이었다. 눈알을 뽑고 고막을 잡아 뜯고 심장을 후벼파고 싶은 심정이었다. 나를 만든 사람들에게 진짜로 버려진 기분이었다. 세상이 온통 나를 부정하는 것 같았다. 왜 태어났느냐고. 왜 살아 있느냐고. 문을 열고 나가 세 사람을 갈가리 찢어놓고 싶었다. 나의 고통과 외로움에 상응하는 심판을 내리고 싶었다.

나는 분노가 가라앉길 기다렸다. 그들의 기분을 망쳐봤자 아무 득도 없었다. 집에서 내쫓기면 엄마에게 가야 한다. 엄마는 나를 원하지 않는다. 나도 내 방을 떠나고 싶지 않았다. 이 방에서 온전한 행복을 누리던 때도 있었는데. 기다리면 된다. 반드시 때가 올 것이다. 나만 행복해질 수 있는 때가. 저 사람들에게 나의 고통을 되갚아줄 수 있는 때가. 복수를 결심한 순간 침대 모서리에서 잃어버렸던 거북이 인형을 발견했다. 침대 주변을 살살이 뒤졌는데도 찾지 못했는데 인형의 등딱지에 사라졌던 내 머리카락과 손톱이 박혀 있었다. 홧김에 인형을 그대로 쓰레기통에 내다 버렸다.

*

목야제는 여름의 끝자락에 열렸다. 목야에는 귀신이 많다고 한다. 물귀신은 뭍으로 나올 수가 없고 섬에 사는 귀신은 바다를 건널 수 없어 그렇단다. 목야제가 열리는 날에는 섬에 사는 무당들이 한자리에 모여 제사를 지내고 굿을했다. 섬을 떠도는 귀신들을 달래고 바다에서 목숨을 잃은 사람들의 넋을 기리기 위함이었다. 그리고 나는 열여덟의 목야제에서 나의 본모습을 봤다.

그해에는 다른 때와 달리 굿판보다는 축제에 초점을 맞추어 행사가 진행되었다. 이 지역 출신이라는 가수의 공연과 함께 막대한 상금이 걸린 노래자랑이 개최되었다. 깊은 밤에는 불꽃놀이도 한다고 했다. 사람들이 축제 장소로 몰려들었다. 우리집도 예외는 아니었다. 아줌마는 다 같이 축제를 보러 가자고 했다. 나는 나를 빼고 가라고 했지만 그 애가 허락하지 않았다. '네가 뭔데 허락하고 말고야'라고 말하려다 그냥 따라나섰다. 아이의 얼굴은 순진무구했다. 그게 너무 얄미웠다. 너도 나처럼 방에서 썩어야 하는 거 아니냐고 묻고 싶었다. 그 애가 내 손을 잡았다. 아줌마는 아빠의 팔짱을 꼈다. 초대 가수 때문인지 외지인도 많았다. 가는 곳마다 사람들로 북적였다. 아빠는 내게 맞잡은 그 애의 손을 놓치지 말라고 당부했다. 돈도 얼마간 쥐여주며 맛

있는 걸 사 먹으라고 했고 아줌마는 그 애에게 언니 말 잘 들으라고 말했다. 그 애는 고개를 세차게 끄덕였다. 그러고 나서 아빠와 아줌마는 동네 사람들이 한데 모여 술판을 벌인 곳에 끼어들었다.

나는 그 애에게 솜사탕을 사주었다. 그 애가 기뻐했다. 나를 위해서는 아무것도 사지 않았다. 배가 고팠지만 별로 먹고 싶은 것이 없었다. 우리는 손을 잡고 말없이 돌아다녔다. 누가 보면 사이좋은 자매인 줄 알았을 것이다. 여기저기서 시끄럽게 음악을 틀어댔다. 조용한 곳에서 쉬고 싶었다. 그 애가 그렇게 신나보이지 않았다면 집으로 돌아갔을지도 모르겠다. 곧 초대 가수의 공연이 시작된다는 방송이 흘러나왔다. 사람들이 갑자기 한쪽으로 우르르 뛰어갔다. 우리는 그 속에 파묻혔다. 나는 그 애의 손을 놓쳤다. 일부러 놓은 건 아니었다. 누가 내 등을 떠밀었고 앞으로 밀려가며 손을 놓친 것이었다.

"언니!"

그 애가 나를 불렀다. 뒤를 돌아보았다. 손을 뻗으면 그 애를 잡을 수 있는 거리였다. 한발 다가가면 그 애와의 거리를 좁힐 수 있었다.

나는 꼼짝하지 않았다. 그 애의 작은 몸이 인파에 휩쓸려 멀어져갔다. 그 애는 고개를 이리저리 돌리며 나를 불렀다.

"언니!"

나는 등을 돌렸다. 앞만 보고 걸었다. 그 애의 목소리가 들리지 않을 때까지. 그 애가 나를 부르는 소리가 닿지 않는 곳까지. 온몸에 피가 빠지는 느낌이었다. 속이 허옇게 비어가는 것 같았다. 나는 웃었다. 오랜만에 활짝 웃고 있었다. 속이 후련했다. 그러면서도 슬펐다. 나는 그 축제에서 가장 잔인한 사람이었다.

그 애는 갯바위 근처에서 발견되었다. 바다에 빠져 허우적대고 있었단다. 거의 죽을 뻔했다고 했다. 아빠가 내 뺨을 힘껏 쳤다. 손을 놓친 거라고 아무리 해명해도 통하질 않았다. 내가 왜 이런 변명을 해야 하는지 이해되지 않았다. 자기들도 내 손을 놓았으면서. 나를 붙잡아준 적도 없으면서. 보고 배운 게 이런 거라 따라 한 것뿐인데 왜 나만 질책받아야 하는지. 아빠는 왜 내 앞에서 당당한 건지. 내가 왜 아줌마와 잘 지내야 하는 건지. 아무 상관도 없는 남의 집 딸을 왜 내가 보살펴야 하는지. 차라리 아줌마가 버린 아들을 보살피라고 했으면 괜찮을 것이다. 나의 잔인함은 부모에게서 물려받았다는 걸 왜 모를까.

나는 그 애가 입원한 병실로 끌려갔다. 아빠는 내게 사과하라고 명령했다. 그 애와 그 애의 엄마에게. 내 안에 기생하는 그것이 시켜서 저지른 짓이라고 변명할 수 있다면 좋았겠지만 아니었다. 그것은 그저 내 안에서 안락하게 휴식을 취하며 흐뭇하게 상황을 바라보고 있었다. 나의 악함을 즐기고 있었다. 그때 나는 기억을 잃지 않았다. 모든 순간을 생생히 기억하고 있었다. 그 애의 손을 놓친 건 우연이었지만 그 이후에 다시 붙잡을 수 있는 기회가 있었다. 한발 앞으로 다가가 그 애의 손을 낚아챘다면 아무 일도 일어나지 않았을 것이다. 하지만 나는 그것처럼 관망했다. 그 애가 멀어지는 걸 보고만 있었다. 고개를 돌려 외면했다. 그것이 시킨 일이 아니었다. 온전한 나의 선택이었다. 그리고 나는 그것의 편에 서는 쪽을 택했다.

히히힛.

그것이 흡족해하며 웃었다. 나의 분노를 야금야금 먹으며 힘을 기르고 있는 줄 알았는데 아니었다. 내가 그것의 사악함을 야금야금 갉아먹으며 그것과 닮아가고 있었다. 언젠가 완벽히 하나가 되겠지. 내가 그것인지, 그것이 나인지 구분할 수 없게 되겠지. 나는 망가졌다. 완전히 망가졌다.

혼란스러워하는 내게 아빠가 빨리 사과하지 않고 뭐하냐며 호통을 쳤다. 시끄러워. 너무 시끄러워. 왜 나한테 소리치는 거야. 내가 시끄러운 걸 얼마나 싫어하는데. 고개를 치켜든 순간 그 애가 가장 먼저 내 눈에 띄었다. 모든 원망이 그 애에게 쏟아졌다. 너 때문이야. 너 때문에 나만 나쁜 년이 되었다고. 순진한 척 좀 그만해. 네 엄마는 널 우리집에다 버린 거야. 나는 악다구니를 쓰며 그 애에게 소리쳤다. 아빠가 또 내 뺨을 때렸다. 그 애 엄마의 얼굴이 시뻘게졌다. 내가 정곡을 찌른 모양이었다. 그 자리에 있는 어른들은 모두 자식을 버려본 적 있는 사람들이었다. 아빠에게 맞은 뺨이 후끈거렸지만 속은 시원했다. 아빠와 아줌마가 그 애의 엄마에게 고개를 조아리며 사과했다. 당신들이 낳은 자식들에게 먼저 사과해야 하는 거 아니냐는 말은 하지 않았다. 말해도 알아듣지 못할 사람들이기 때문이다.

그것 봐. 나 말고 누가 널 이해해주겠어. 내가 없으면 넌 영원히 혼자야. 히히힛.

그 사건 이후 아줌마는 노골적으로 나를 피했다. 내게 말도 걸지 않았다. 같이 밥을 먹지도 않았고 내가 거실로 나오면 방으로 들어갔다. 그 이후로 나는 달라졌다. 누구의 눈치도 보지 않기로 다짐했다. 마침내 깨달았다. 이 집에서 유일하게 눈치를 보지 않아도 될 사람은 나 하나뿐이라는 걸.

내 부모는 이혼을 했다. 이혼도 하기 전에 각자 다른 사람을 만났다. 미성년자인 나는 그 과정에서 제대로 된 보호를 받지 못했다. 아줌마는 아빠와 재혼을 했다지만 나와 엄연한 남남이었다. 몇 년 사이에 그 모든 일이 일어났다. 하지만 나는 그 일을 덤덤히 감당할 수 있을 정도로 자라지 못했다.

방문을 열고 거실로 나갔다. 소파에 앉아 보고 싶은 티브이 프로그램을 봤고 한 끼도 거르지 않고 밥을 챙겨 먹었다. 친구도 집으로 불러들였다. 내가 집에 있을 때 아줌마는 방에서 나오지 않았다. 이게 맞지. 이제야 각자의 자리를 찾은 거지. 그런데 왜 이렇게 불안할까. 내 자리가 맞는데. 제자리를 찾은 건데. 당당해지려고 노력했지만 마음이 편하지 않았다.

"이렇게는 못 살겠어."

어느 날 밤 아줌마가 작정한 듯 짐을 싸 들고나왔다. 막일을 마치고 돌아온 아빠는 눈물을 뚝뚝 떨어뜨리는 아줌마를 보고는 어쩔 줄 몰라 했다. 엄마의 눈물에는 환멸을 표했고 나의 눈물은 무시했으면서. 낯선 모습이었다.

"당신 딸이 하는 짓 좀 봐. 나를 사람 취급도 안 하잖아. 나도 이렇게 서러운데 우리 애는 어떻겠어. 당신 딸이 우리 애도 구박하면 어떡해. 못살게 굴면 어떻게 하느냐고. 우리 애도 어디 내다 버릴까 무서워. 나 너무 불안해."

아줌마가 두 손으로 자신의 배를 감쌌다. 우리 애. 우리 애가 누굴까. 설마 아니겠지. 원래 자기 자식도 제대로 돌보지 못했으면서 또 애라니. 자식을 버린 적 있는 사람들이 또 자식을 갖게 되다니.

"미안해."

아빠는 아줌마에게 사과를 하며 나에게 방으로 돌아가 문 닫고 있으라고 쌀쌀맞게 말했다.

아이라니. 두 사람은 나를 쫓아낼 준비를 하고 있었다. 더는 상처받을 일이 없을 줄 알았는데. 더는 실망하지 않을 줄 알았는데. 아줌마와 아빠 사이에서 아이가 태어나면 내 방도 빼앗기게 되는 건 아닐까. 아빠의 냉랭한 말투와 눈빛에서 나의 미래를 그려볼 수 있었다.

기억을 잃는 순간을 내가 선택할 수 있다면 얼마나 좋을까. 상처받지 않은 채로 좀 더 지낼 수 있었을 텐데. 기억을 잃고 싶었다. 아무 일도 기억나지 않았으면했다. 나 때문에 이혼이 늦어졌다는 비난도 못 들은 걸로 하고 싶었다. 부모와 함께 살았던 전쟁 같은 시간도 모조리 지워버리고 싶었다. 내가 생겼기 때문에 공부를 접고 목공일을 하게 되었다는 아빠의 원망도, 나를 낳고 키우느라 젊은 날을 다 허비했다는 엄마의 푸념도 들어본 적 없는 것처럼 살고 싶었다. 그 무엇도 잊을 수 없다면 나를 지우고 싶었다. 이 집에서. 세상에서. 부모에게서. 하루를 기록하는 일도 쓸모없었다. 기억이 다 무슨 소용이란 말인가. 정작 잊고 싶은 순간은 너무 또렷하기만 한데. 그것에게 소리쳤다. 너 뭐 하는 건데! 부모를 대신해 나를 지켜줄 거라고 해놓고 왜 내가 상처받게 내버려두는 건데. 내 안에 있는 거 다 알아. 어서 나와서 뭐라도 좀 해보란 말이야. 날 좀 어떻게 해달란 말이야!

날 믿어.

그것의 목소리가 들렸다. 거짓말. 넌 한 번도 날 위한 적 없어. 지긋지긋했다. 나를 괴롭게만 만들 거라면 이제 그만 날 버려주었으면 했다. 애초에 그것을 불러내지 않았더라면 이렇게까지 인생이 꼬이진 않았을 텐데. 내 부모가 이 집으로 오지 않았더라면, 할아버지가 죽지 않았더라면, 엄마와 아빠가 만나지 않았더라면……. 내 인생은 후회와 원망으로 점철되었다.

난 널 버리지 않아. 히히힛.

거짓말이었으면 좋겠다. 모두가 그랬듯 그것도 날 버려주었으면 좋겠다.

*

몸이 좋지 않은 날이었다. 학교에서 설사를 하고 구토를 했다. 열이 38도까지 펄펄 끓어 조퇴를 하고 병원까지 갈 힘도 없어 곧장 집으로 왔다. 나는 침대에 쓰러지듯 누워 눈을 붙였다.

한숨 푹 자고 일어나니 허기가 졌다. 아무것도 먹지 않는 편이 나을 것 같았지만 주린 배가 요동을 쳤다. 집은 비어 있었다. 물에 만 밥을 몇 숟갈 뜨다 다 토해냈다. 따뜻한 물을 한잔 떠서 방으로 들어가려던 찰나 외출을 마치고 돌아온 아빠와 아줌마를 현관 앞에서 마주쳤다.

외식을 하고 온 건지 고기 냄새가 풀풀 났다. 아줌마의 얼굴에서 웃음기가 한순간에 가셨다. 학교에 있어야 할 시간에 내가 집에 있으니 놀랄 만했다. 섭섭해할 것도 없었다. 아줌마는 임신했고 우리가 같이 외식할 만한 사이는 아니니까. 아무렇지 않게 방으로 돌아와 침대에 누웠다. 눈가로 눈물이 주룩 흘렀다. 내가 없으면 화목하다. 내가 있으면 분란이 생긴다. 그저 사이가 나쁜 부모 아래 태어났을 뿐인데. 흉터로 남지 않은 상처가 단 하나도 없었다. 난도질당한 마음을 치유할 방법도 찾지 못했다. 상처를 상처로 덮고 흉터에 흉터를 남겼다. 아줌마의 아기도 나만큼 괴로웠으면 좋겠다. 그럼 아줌마도 고통받을 테니까. 아줌마가 울면 아빠도 슬퍼할 테니까.

그날 밤 나는 또 기억을 잃었다. 정신을 차렸을 때는 아줌마가 태교 삼아 만든 토끼 인형의 배를 갈라 솜을 파내고 있었다. 다른 한 손에는 아줌마의 구불구불한 머리카락을 쥐고 있었다. 곧 태어날 아기를 위한 선물로 귀신과의 숨바꼭질을 준비하는 중이었다. 그것은 나를 시험하듯 의식의 마지막 단계에서 나를 깨웠다. 강령술을 이어갈지 말지는 내 손에 달려 있었다.

"끼아아아악!"

아줌마가 한밤중에 갈증을 느끼지 않았더라면 어떻게 되었을까. 강령술에 성공했을까. 물을 마시러 나온 아줌마는 거실에 양초를 켜고 앉아 인형의 목을 조르고 있는 나를 보고 비명을 지르며 주저앉았다. 강령술은 거기서 중단되었다. 나는 또 그것에게 기쁨을 주는 선택을 했다.

극심한 충격과 과도한 스트레스로 아줌마는 아기를 잃을 뻔했다. 의사는 출산일까지 안정이 필요하다고 말했다. 병원에서 돌아온 아빠에게 또 맞았다. 매번 아줌마 앞에서 뺨을 얻어맞았다. 얼굴이 얼얼했다. 턱이 아팠고 머리가 울렸다.

아빠는 결국 근처에 새집을 얻었다. 내가 쫓겨날 줄 알았는데 아줌마를 그리로 보냈다. 그때 나는 열아홉이었다. 아빠는 두 집을 오갈 거라고 했다. 그렇게 말하는 아빠의 눈빛에서 원망이 넘실거렸다. 아줌마가 떠나는 날, 나는 아빠의 눈을 피해 아줌마에게 작별인사를 건넸다.

"그동안 죄송했어요. 제가 없었다면 참 좋았을 텐데. 그런데 아줌마, 아줌마도 버린 적 있잖아요. 아들을 버렸잖아요. 이번에는 버리지 않을 자신이 있어요?"

*

이번에는 내가 완전히 해방된 이야기를 해볼까 한다.

아빠는 나를 떠났다. 아줌마를 먼저 내보낸 다음 두 집을 오가며 지내다 내가 스무 살이 되자마자 집을 버리고 떠나버렸다. 아줌마는 무사히 출산하여 새집에서 아기를 키웠다. 더 먼 곳으로 도망치지. 내 눈에 보이지 않는 곳으로. 아줌마가 낳은 아기는 아들이었다. 동네 사람 몇을 불러 돌잔치를 한 모양이었다. 그 자리에 나는 초대받지 못했다. 어릴 때부터 나를 봐왔던 동네 할머니가 돌떡을 가져다주며 눈물을 훔쳐 알게 된 사실이다. 뭐가 그렇게 떳떳해서 잔치씩이나 벌였는지. 그 잔치에 왜 나만 제외되었는지.

그날 나는 아빠를 찾아가 이 집을 달라고 요구했다. 아빠는 당혹스러워했다. 아빠 뒤에 숨어 불안한 얼굴로 아기를 안고 있는 아줌마의 모습에 코웃음을 쳤다. 그들은 자기들이 한 짓은 깡그리 잊고 나의 분노에만 민감하게 반응했다. 나는 모두에게 방해꾼일 뿐인가. 부모를 이혼시킨 것도 나. 아줌마가 집을 나갈 수밖에 없도록 원인을 제공한 것도 나. 전부 나 때문인가. 그들이 나를 증오하는 이유가 궁금했다. 축제 때 내가 그 애의 손을 놓았기 때문은 맞나. 인형의 속을 파내는 기이한 행동을 했기 때문은 맞나. 전부 핑계 아닌가. 나를 떼어내기 위해서. 죄책감 없이 저들끼리만 살고 싶어서. 대체 내가 뭘 잘못했는지 모르겠다. 그 애의 손을 놓은 것은 그 애에게 사과할 일이었다. 언젠가 그 애를 만난다면 반드시 사과할 것이다. 아기에게도 새 인형을 사줄 생각이었다. 그런데 왜 나에게는 사과를 하는 사람이 없을까. 왜 네가 잘못한 건 없다고 말해주는 사람이 없을까. 그러니 그딴 것을 마음에 들였지. 외롭고 외로워서. 너무 외로워서.

결국 집은 나의 것이 되었다. 아빠는 아줌마의 허락이 필요하다고 했다. 나는 집의 명의를 바꾸는 데 소요되는 세금도 알아서 해결해달라고 요구했다. 아줌마의 얼굴에 증오가 더해졌다. 사람을 싫어하는 마음에는 끝이 없다는 걸 알게 되었다. 아줌마가 나를 싫어하게 될수록 기분이 좋았다. 누군가를 증오하는 채로 살아간다는 게 얼마나 지옥 같은 일인지 아줌마도 알기를 바랐다.

"대신 우리 애 앞엔 얼씬도 하지 마."

아줌마는 요구 조건을 달았다. 나는 알겠다고 했다. 나중에 아기를 내 집 앞에다 버리지만 말아달라고 부탁하려다 입을 다물었다. 약속은 지켜져야 하니까.

*

나의 소원이 드디어 이루어졌다. 할아버지와 살던 때처럼 집을 늘 단정히 정리했다. 음악도 틀지 않았다. 아침에 일어나면 새소리가 들렸고 낮에는 집 앞을 오가는 사람들의 말소리가 들렸다. 이 상태가 더없이 마음에 들었다. 이 고요를 한껏 만끽하고 싶었다. 아무데도 나가지 않았다. 오로지 집에서 하루를 다 보냈다.

밤에는 연필이 종이를 긁고 지나가는 소리만 가득했다. 사람에게는 하지 못한 말을 종이에 다 털어놓았다. 어떤 날에는 노트 한 권을 다 쓰기도 했다. 마음을 다 쏟아냈다. 손가락에는 점점 더 힘이 들어갔다. 연필심이 부러지고 볼펜이 휘었다. 그래도 쓰는 걸 멈추지 않았다. 종이에 마음을 퍼다 옮기면 마음이 가벼워졌다.

내가 편안해지면 그것은 미쳐 날뛰었다. 바라는 바를 다 이루었잖아. 나에게 더 붙어 있어 봤자 얻을 건 없어. 이만하면 됐잖아. 이제 날 떠나. 난 소원을 다 이루었다고. 하지만 그것은 여전히 나와 함께 있었다. 나는 의자에 허리를 꼿꼿이 세우고 앉아 지독하게 글을 썼다. 잠시라도 틈을 주면 그것이 원하는 대로 나를 이끌어갈 것 같았다. 나도 거부하지 않을 것이다. 나는 그런 인간이니까. 그래서 그것이 나를 찾아온 것일 테니까. 학교에서 강령술을 시도해본 애가 한둘이 아니었는데 그것은 굳이 나를 골랐다. 기다렸다는 듯. 아주 오래도록 나 같은 애를 찾아 헤맸다는 듯. 나의 안은 그것의 머리카락처럼 검고 축축하고 악취가 풍긴다. 그것은 나와 꼭 닮았다. 그것이 내 안에서 더는 활개를 칠 수 없도록 막아야 했다. 계속해서 쓰지 않으면 또 그런 일이 생길 것 같았다. 그 애를 버린 것보다 더 심한 일을 저지를 수도 있을 것 같았다. 이제는 인형이 아니라 태어난 아기를 해할 것 같았다. 내가 그런 짓을 저지르도록 두고 볼 수는 없었다.

글을 쓰는 시간이 늘어났다. 어떤 날에는 온종일 글만 썼다. 엉덩이를 잠시도 의자에서 떼지 않았다. 그러다 글은 소설에 가까워졌다. 아니, 소설이어야만 했다. 제목은 '복수'였다. 글을 쓰는 와중에도 그것은 내 안에 난도질되어 아물지 못한 상처를 자꾸만 자극했다. 그것이 상처를 건들자 분노가 치솟았다. 그 분노를 담아 글을 썼다. 다른 사람을 대신해 복수를 하고 다니는 사람의 이야기였다. 반전도 없고 재미도 없었다. 단순히 사람을 죽이고 다니는 이야기였다. 누구를 죽였느냐면 자식에게 상처를 입힌 부모들, 배우자를 배신한 기혼자들, 타인의 호의를 경시하는 사람들이었다. 소설이란 껍데기를 입고 있었지만 사실 내가 하고 싶은 복수였다. 직접 실행하지 않기 위해 소설로 풀어낸 것이었다. 그렇게 쓴 소설은 온라인에 연재했다. 매일 일기를 쓰듯 종이에 휘갈겨 적은 글을 타자로 다시 타이핑했다. 아무도 읽어주지 않으리라 예상했는데 조회수가 점점 늘어났다. 연재를 끝냄과 동시에 출간 제안도 받았다. 필명을 지었다. 이런 가학적인 소설을 쓴 이가 나라는 걸 밝히고 싶지 않았다.

얼마나 시간이 지났는지 모르겠다. 매일 똑같은 하루하루를 살았다. 아무하고도 교류하지 않았다. 나의 집은 점점 빈집이 되어갔다. 동네 사람들도 나를 잊어갔다. 집 앞에서 담배를 피우고 담소를 나누었다. 내가 창가로 쓱 다가가도 개의치 않아 했다. 아무도 잘 살고 있느냐고 물어주지 않았다. 손을 흔들어주는 사람도 없었다.

나는 아빠와 아줌마가 사는 집에서 소식이 들려오길 기다렸다. 두 사람의 아이가 자라면 그들의 관계도 달라질까 궁금했는데, 금실이 좋은 부부로 소문이 났다고 했다. 동네 사람들은 그런 이야기를 굳이 내 집 앞에서 나누었다. 눈이 동그란 아이는 헤실헤실 잘 웃어 사랑을 듬뿍 받으며 크고 있었다. 낮은 담장에 바짝 붙어 까치발을 들고 멀리 내다보면 아빠와 아줌마가 사는 집이 보였다. 부모의 품에 안겨 있던 아기가 아장아장 걷기 시작했다. 아빠가 환하게 웃었다. 나에게는 한 번도 보여주지 않은 미소였다. 언젠가는 홀쩍 자란 아이가 아빠를 향해 냅다 달리고 있었다. 아빠가 두 팔을 벌려 아이를 끌어안았다. 나도 저렇게 아빠에게 달려가 안긴 적이 있을까. 엄마와 아빠는 언제부터 사이가 좋지 않았을까.

엄마는 인생이 잘 풀리지 않을 때만 내게 연락을 해왔다. 한동안 연락하지 않는 걸 보면 새로운 사람이 생긴 것 같았다. 엄마에게 이 집이 나의 소유가 되었다는 말은 하지 않았다. 아빠에게 또 다른 자식이 생겼다는 소식도 전하지 않았다. 엄마가 목야를 잊고 살기 바랐다. 평생 이곳 소식을 모르기를 바랐다. 엄마는 나를 사랑하지 않는다. 그러니까 자신이 볼품없어진 때에만 나를 찾는 거겠지. 문득 죄책감이 들 때도 연락하곤 한다. 그러고는 이만큼 자란 나를 보며 안심한다. 내가 살아 있음에 안도한다. 나는 엄마에게서 잊히고 싶다. 엄마가 나를 보며 자기 마음의 빈자리를 채우기를 원치 않는다.

그리고 가끔씩 집 앞에서 엄마를 부르며 울던 남자애를 생각했다. 그 남자애는 얼마만큼 컸을까. 그 애의 행복만큼은 진심으로 바랐다. 남은 생애에서는 아무에게도 버려지지 않기를 그렇다고 버려지는 게 무서워 아무도 만나지 않으면 안 된다고 말해주고 싶었다. 네 잘못은 없다고 알려주고 싶었다.

두번째 소설의 제목은 '눈물'이었다. 첫번째 소설을 완성하고 나면 더는 쓸 이야기가 없을 줄 알았는데 여전히 책상 앞에 앉아 털어놓을 이야기가 있었고 글은 계속 쌓여갔다. 오래도록 아무하고도 말을 하지 않았다. 가끔 고등학교를 졸업하고 목야를 떠난 미우에게서 전화가 걸려왔다. 미우가 안부를 물으면 잘 지낸다고만 말했다. 미우에게 '너는?' 하고 물으면 잘 살고 있다는 대답이 돌아왔다. 우리집에 아무 때고 놀러오라고 말하고 싶었는데 입이 떨어지지 않았다. 모두에게 버려졌다는 사실을 미우에게 털어놓고 싶지가 않았다. 이 집에 혼자 남겨지길 간절히 바랐는데 막상 혼자 남게 되니 그 모습을 누구에게도 보여주고 싶지 않았다.

*

두번째 소설을 탈고했을 때 누군가 초인종을 눌렀다. 오래도록 들어본 적 없는 초인종 소리가 낯설었다. 내 마음에 깃든 건 두려움보다는 반가움이었다. 창가로 달려가 담장 밖을 내다봤다. 이십대 초반으로 보이는 남자가 서있었다. 한눈에 알아볼 수 있었다. 키가 삐쭉 솟은 그 남자가 누구인지. 대문의 잠금장치는 고장난 지 한참 되었다. 문이 닫혀 있어도 밀면 저절로 열렸다. 창문을 열고 그냥 들어오라고 손짓한 다음 현관 앞에서 기다렸다.

"안녕하세요."

하얀 국화꽃 한 다발을 들고 찾아온 사람은 그 남자애였다. 예전에 집 앞으로 찾아왔던 아줌마의 아들. 어떻게 알아봤는지 모르겠다. 작았던 아이가 이만큼 커질 만큼 시간이 지났다는 것도 실감나지 않았다. 집은 늘 똑같았다. 너무 고요해서 시간이 가는 줄도 몰랐다.

"저 기억하세요?"

나는 고개를 끄덕였다. 이름이 은위라고 했다. 마은위. 특이한 이름이라고 생각했다. 한번 들으면 절대 잊힐 리 없는 이름. 아줌마의 머릿속에도 각인되어 있을 이름. 아줌마는 아들을 버리고 나서 괴롭긴 했을까. 그런 질문을 하면 나를 더 싫어하게 되겠지만 그럼에도 불구하고 언젠가 물어보고 싶었다.

"아줌마는 여기 없어."

그 애가 여기까지 온 이유는 이것밖에 없을 테니까.

"누나 보러 온 거예요."

"날?"

"네."

"왜?"

집 앞에서 매몰차게 내쳐진 날 은위도 나를 봤단다. 이 집에서 자신의 엄마와 함께 사는 내가 너무 부러웠단다. 세 상에서 제일 부러웠단다. 그런데도 나는 행복해보이지가 않았단다. 그래서 나를 미워했단다. 다 가졌으면서 불행한 얼굴을 하고 있어서.

"사과하러 왔어요. 그땐 너무 어렸으니까. 누나가 당연 히 행복해야 한다고 생각했어요. 우리 엄마가 누나를 불행 하게 만든 장본인이라는 걸 이해하기엔 너무 어렸어요. 미 안해요."

간절히 바라던 사과였다. 누구라도 나에게 사과를 해주 었으면 했다. 나에게 분노를 심어준 사람 중 누구라도 진심 으로 미안해하길 바랐다. 하지만 은위에게 듣기를 바랐던 건 아니었다. 그래도 미안하다는 말을 들으니 마음이 누그 러졌다.

"읽어봤어요. 누나가 쓴 거 맞죠?『복수』"

어떻게 알았을까. 아무에게도 말한 적 없다. 내 얼굴과 이름을 철저히 숨겼다. 미우에게도 말하지 않았다. 그런 소설을 내가 썼다는 걸 알리고 싶지 않았다. 하지만 문득 알아주었으면 하는 마음이 들 때도 있었다. 모두가 나를 잊어가는 것 같아서. 담장이 낮은 집인데도 아무도 안을 들여다보지 않아서. 소설 속에서 나는 사람을 죽이고 다니며 여기저기에 흔적을 남겼다. 나 좀 알아봐달라고. 내가 여기 있다고. 소설 속에서 주인공은 결국 붙잡히지 않는다. 아슬아슬하게 추적을 피한다. 그는 킬러였지만 아무에게나 의뢰를 받지 않았다. 의뢰인의 사연을 듣고 그 사람을 정말로 죽여야겠다는 마음이 들 때만 작업에 나섰다. 주인공은 꽤 평화로운 말년을 보낸다. 하지만 외롭다. 때로는 자수하고 싶은 충동에 시달린다. 그가 아무도 방문하지 않는 집에서 볕을 쬐다 혼자 죽어가는 것으로 소설은 끝이 난다.

"재미있었어요. 속이 시원하기도 하면서 슬펐어요."

처음으로 다른 사람의 입을 통해 감상을 들었다. 싫지 않았다. 사람을 죽이고 다녔다고 손가락질받을 줄 알았다. 나도 사람을 살리는 이야기를 쓰고 싶었다. 주인공에게 사랑이 넘치게 흐르는 삶을 살게 해주고 싶었다. 하지만 그것은 나에게는 너무 어려운 일이었다.

"두번째 소설도 있어."

두번째 소설은 은위가 있어 완성될 수 있었다. 작은 꼬마

였던 은위가 흘린 눈물이 놀랍게도 아직 대문 앞 길가에 남아 있었다. 눈물자국은 씹다 버린 껌처럼 바닥에 눌어붙어 떨어질 줄을 몰랐다. 그 눈물을 떠올리며 소설을 썼다.

사람들에게 버림만 받는 남자애가 주인공이었다. 그 아이의 눈물이 떨어진 곳마다 꽃이 피었는데, 꽃에는 위대한 치유의 능력이 숨겨져 있었다. 그 꽃의 꿀을 빨아먹은 벌에 쏘이기만 해도 몸이 회복되었고 그 꿀을 먹은 사람도 병이 나았다. 꽃의 향기만 맡아도 모난 마음이 누그러졌다. 아이는 행복을 찾았다. 꽃이 아이에게 기쁨을 가져다주었다. 이제 눈물을 흘릴 일이 없었다. 그는 세상에서 가장 행복한 아이가 되었다.

그러나 행복은 오래갈 수 없었다. 꽃의 치유 능력이 알려지면서 사람들이 몰려들었다. 한번 핀 꽃은 시들어 죽고 다시 꽃을 피우지 못했다. 아픈 사람은 너무 많았고 꽃은 턱없이 부족했다. 사람들은 아이가 울기를 간절히 기다렸다. 아무도 아이가 행복하길 바라지 않았다. 아이는 점점 웃음을 잃어갔다. 자신이 행복하기 때문에 사람들이 아픈 것 같았다. 그러다가 결국 목숨을 잃었다. 아이가 왜, 어떻게 죽었는지는 알려지지 않았다. 그저 화창한 어느 날 비옥한 땅 위에서 아이가 죽은 채로 발견되었을 뿐이다. 아이가 죽은 곳에 꽃밭이 만들어졌다. 온 세상 사람들을 행복하게 만들어주고도 남을 만큼 아주 넓은 꽃밭이었다.

"네가 읽어주면 좋겠어."

왜 그런 말을 했는지 모르겠다. 은위가 내 방 책상 앞에 앉았다. 나는 노트를 꺼내 책상 위에 두었다. 방문은 열려 있었다. 사락사락 종이 넘기는 소리가 들렸다. 온라인의 연재 사이트에 아직 올리지 않았다. 공개할 생각으로 쓴 소설은 아니었다. 첫번째 소설도 마찬가지였지만. 외로웠던 것 같다. 아무도 내 마음을 알아주지 않아 억울했던 것도 같다. 빈집에서 노트에 글자를 가득 채웠다. 그 안에 수많은 사람이 있었다. 그 사람들로 고요한 시간을 채웠다.

은위는 두번째 소설의 첫 독자가 되었다. 은위가 노트에 휘갈겨 쓴 글씨를 알아볼 수 있을지 모르겠다. 집에 나 말고 다른 사람이 있는 게 이상했다. 사람이 싫어서 사람을 죽이는 소설을 썼는데 집에서 인기척이 나니 좋았다. 사람이 그리웠나. 내가 사람을 원했나. 이 집에서 혼자 조용히 살기를 원한 게 아니었나. 그래서 엄마의 연락도 칼같이 자를 수가 없었나. 그래서 아빠가 나를 없는 사람 취급하는 게 그렇게나 섭섭했나. 어쩌면 저 방에 있는 게 내내 마음에 걸렸던 그 남자애라서 괜찮은 건지도 모르겠다. 마음에 분노가 일 때마다 은위의 행복을 빌었다. 은위는 이런 증오를 모르고 살길 바랐다.

"이건 별로 재미없어요. 게다가 어디서 들어본 이야기 같기도 하고요."

은위가 노트를 펄럭거리며 들고 나왔다. 재미는 없는데 이야기는 마음에 든단다. 얼굴이 좀 부어 있었다. 울었느냐고 묻지 않았다.

나도 결말을 쓸 때는 가슴이 답답했다. 왜 죽어. 왜 죽느냐고. 멱살을 잡아 일으키고 싶었다. 일어나. 일어나서 살아. 다른 사람들이 아프든 말든 그게 너랑 무슨 상관이야. 그러나 결국 주인공은 죽고 말았다. 다른 사람을 살리기 위한 희생이었다고 생각하지 않는다. 사람들의 등쌀에 못 이겨 죽은 거다. 이 역시 사람이 사람을 죽이는 이야기였다. 많은 사람이 한 사람을 죽였다. 나는 왜 이런 이야기밖에 못 쓸까.

"그래서 혼자 갖고 있었어."

이제 사람을 죽이는 이야기는 그만하고 싶다고 말하지 않았다. 실제로 사람을 죽인 건 아니니까.

"다른 사람들도 읽게 해줘요. 이 재미없는 걸 나만 읽을 순 없어."

은위가 먼저 웃었다. 그래서 나도 따라 웃었다. 웃는 게 참 어색하고 이상했다. 소리 내어 웃는 건 오랜만이었다. 함께 웃을 사람이 없었기 때문이다.

"싫어. 누가 읽고 싶어 한다고."

내가 노트를 빼앗으려고 하자 은위가 몸을 피하며 토느를 등뒤로 숨겼다.

"나한테 줘요. 내가 올릴게. 누나 이름으로."

"네가 왜."

"이 집, 나한테 줬잖아요. 이 안에 있는 것도 전부 가지라면서요."

"내가?"

"나한테 다 주라고 유언장 써놨다면서요. 누나가 가진거 전부. 특히 이 집."

그런 생각을 한 적이 있긴 하다. 이 소설을 쓸 때였다. 내가 만약 죽는다면 이 집은 누가 갖는 게 맞을까. 떠오르는 얼굴이 하나뿐이었다. 그 남자애. 나도 여기서 살래. 엄마랑 살래. 엄마와 사는 건 좌절되었지만 여기서 사는 건 내가 해줄 수 있으니까. 그런 생각을 잠깐 하긴 했다. 그렇지만 유언장을 써놓았다고? 내가 이 집을 갖게 되기까지 얼마나 상처를 많이 받았는데. 내가 이 집을 얼마나 좋아하는데. 그것이 저지른 짓일까. 내가 이 집에서마저 버려지길 바라는 걸까. 그것이 원하는 게 뭘까. 나에게 뭘 더 바라는 걸까.

"왜 아직 여기 있어요?"

은위가 물었다.

"왜 혼자 갔어요?"

은위가 눈시울을 붉혔다. 눈물을 참고 있었다. 은위의 눈물은 힘이 세다. 기억에서 잘 지워지지 않는다.

"가긴 어딜 가. 여기 있잖아."

"그러니까 왜 여기 계속 있느냐고요. 왜 아직 못 가고 있느냐는 말이에요."

은위의 눈에서 동그란 눈물방울이 바닥으로 떨어졌다. 그 작은 방울이 떨어지는 소리가 내 귀에는 너무 크게 울렸다. 하나도 거슬리지 않았다. 아름다운 음악 소리 같았다. 이런 소리라면 평생 곁에 두어도 거슬리지 않을 것 같았다. 아직 밖이 훤하게 밝은데도 자꾸 눈이 감겼다. 한숨 자야 할 것 같다. 집에 손님이 와 있는데 실례인 걸 알지만 도무지 쏟아지는 잠을 떨칠 수가 없었다. 폭신한 침대에 누웠다. 이불 안이 따뜻했다.

*

지금부터는 기억에 관한 이야기를 하려고 한다. 내가 놓쳐왔던 기억 말이다. 왜 몰랐을까. 내가 어떤 상태인지. 매일 소설이 아닌 일기를 썼다면 좀 더 일찍 알았을까. 알았다면 뭐라도 달라졌을까.

나는 죽었다. 죽은 것도 모르고 반복되는 일상을 살아냈다. 이 집에 조용히 혼자 남겨지는 것이 내 평생의 소원이었으니까. 그런데 왜 외롭지. 사람이 간절하게 그립지. 누군가를 부르고 싶었다. 이 집으로 초대하고 싶었다. 나와 함께 있어달라고 애원하고 싶었다. 아빠나 엄마, 아줌마라도 상관없었다. 은위가 찾아오지 않았더라면 나의 죽음을 영원히 몰랐을지도 모른다. 그것은 왜 내가 죽었다고 말해주지 않았을까. 내가 모르길 바랐던 건가. 아직 살아 있다고 착각하길 원했던 걸까. 은위가 나의 죽음을 일깨워주었을 때 그것이 꿈틀거리며 존재를 드러냈다.

들켰네. 히히힛. 재밌었는데.

그날 밤부터 악몽이 시작되었다. 내가 죽었다는 걸 알게 된 날부터 하루도 빠짐없이 같은 꿈을 꾸었다. 꿈에서 나의 죽음을 보았다. 두번째 소설을 다 쓴 날이었다.

소설의 마지막 장을 쓰고 나서 나는 노트를 덮는다. 물을 한잔 마시려고 일어나는 순간 천장에서 긴 머리카락이 내려온다. 머리카락이 내 목을 휘감는다. 나를 위로 잡아올린다. 나는 공중에서 다리를 버둥댄다. 도와줄 사람이 없다. 숨이 끊어지려는 찰나 고개를 치켜들어 위를 쳐다본다. 검은 머리카락 속에 파묻힌 얼굴을 확인한다. 길게 늘어뜨린 머리카락의 주인은 나다. 내 얼굴이다. 그것이 내 얼굴을 하고 나를 쳐다보고 있다. 천장에 거꾸로 매달린 채 내 목을 조르고 있다. 그것이 나를 보며 씨익 웃는다. 내가 웃는다. 나를 죽이며 만족스럽게 웃는다. 뭐야. 원하는 게 뭐야. 내가 발버둥치며 말한다. 꿈인 거 알아. 꿈인 거다 안다고. 괴로워하며 소리친다.

네 소원을 들어주는 거야.

살려줘.

사라지고 싶어 했잖아. 죽고 싶다고 소리쳤잖아.

정신을 차리면 침대 위다. 끝난 게 아니다. 천장에 박힌 내 얼굴과 마주한다. 그것이 다시 머리카락을 아래로 늘어뜨린다. 피할 수가 없다. 웃고 있는 내 얼굴이 섬뜩하다. 눈동자가 사악하다. 그랬구나. 그래서 내 부모가 나를 싫어했구나. 한 공간에 있는 것만으로도 몸서리쳤구나. 나 때문이었구나. 나 같아도 나를 낳은 걸 후회했을 것이다. 머리카락이 내 얼굴을 덮는다. 입과 코를 틀어막는다. 숨이 컥컥 막힌다. 죽겠어. 이러다 죽겠다고.

이미 죽었는데 뭐가 걱정이야.

나를 비웃는 목소리가 들린다. 내 목소리다. 눈을 치켜뜨고 천장을 노려본다. 내 얼굴이 보인다. 언제부터 그것은 내가 되었을까. 처음부터 나였을까. 원래부터 나였나. 나는 누구일까. 나는…….

아침은 고요하고 낮도 평화롭다. 문제는 밤이다. 폭신한 침대에 누워 따뜻한 이불 안에 몸을 감춘다. 눈을 감으면 긴 머리카락이 천장에서 내려온다. 어디에 숨어 있는 건지 모르겠다. 등뒤에. 발아래. 내 안에. 아니, 숨을 필요가 없는지도 몰라. 그건 나니까. 이 집에 내가 있는 거니까. 다시 악몽이 시작된다. 긴 머리카락이 목을 휘감는다. 나를 위로 잡아올린다. 공중에서 발버둥친다. 숨이 끊어질 것 같다. 정신을 차리면 다시 침대 위. 내가 나를 죽이는 악몽이 매일 반복된다. 그것은 내가 어떤 식으로 죽었는지 친절히 확인시킨다. 그만해달라고 울고불고 매달려도 소용없다.

나를 떠나면 다 끝날 일이야.

몰라. 인형 없이 어떻게 강령술을 끝낼 수 있는지 모른다고. 종료 의식까지 치르지 않으면 죽어서도 그것에게서 벗어날 수 없다. 그런 줄 몰랐어. 몰랐다고.

날 너무 미워하지 마. 네 소원을 이뤄주고 있을 뿐이니까. 내가 널 죽여줄게. 약속했잖아. 난 널 버리지 않아. 영원히 너와 함께할 거야.

죽음을 반복하는 일은 정말 끔찍하다. 잠을 자지 않으면 악몽도 꾸지 않을 텐데. 밤이 되면 나는 어김없이 침대에 눕는다. 밤새 시달리고도 아침만 되면 멀쩡한 사람처럼 하루를 연다. 하루 중 제일 좋아하는 시간이다. 고요한 아침을 맞이할 때면 할아버지와 살던 어린 시절로 돌아간 듯한 기분이 든다. 그때의 아침 일과를 그대로 따르고 있다. 금방이라도 할아버지가 현관문을 열고 들어올 것만 같다. 할아버지에게 달려가 폭 안길 수만 있다면. 그때의 행복을 다시 한번 느낄 수 있다면 얼마나 좋을까.

은위는 두번째 소설을 사람들에게 꼭 읽히고 싶다고 말했다. 재미도 없는데 왜 그래야 하느냐고 물었더니 자기 이야기라서 그렇다고 했다. 아니야, 네 이야기가 아니야. 내 이야기인 것 같아. 내가 횡설수설하자 은위가 고개를 끄덕였다. 그러면서 한마디 덧붙였다.

"『복수』도 누나 이야기잖아요."

맞다. 전부 내 이야기다. 나는 복수하고 싶었다. 그 생각을 한시도 잊은 적 없다. 물론 주인공처럼 사람을 죽이고 다닐 순 없었다. 첫번째 소설을 쓰고 나서야 깨달았다. 복수는 그런 식으로 하는 게 아니라는 걸. 그런 복수는 내가 바라는 게 아니었다. 그런 방법으로 내 마음이 풀릴 리 없었다.

두번째 소설을 다 썼을 때 어떻게 해야 하는지 알게 되었다. 나만 괴롭게 살고 있잖아. 이제 그 사람들이 괴로울 차례야. 그 뒤로는 기억이 없다. 그런 줄 알았다. 그냥 눈이 뜨여서 아침을 살았다. 외로운 하루가 별일 없이 지나갔다. 은위가 찾아오기 전까지 그렇게 살았다. 죽은 채로 살았다. 자기가 살았는지 죽었는지도 모르다니 정말 우습다. 죽은 듯 살다가 막상 죽어서는 살아 있다고 착각했다.

은위에게 내 부모가 슬퍼했느냐고 물었다. 내 복수가 성공했는지 궁금했다. 그들이 돌이킬 수 없는 과거를 후회하면서 남은 생애를 살기를 바랐다. 나를 떠올리며 고통에 시달리기를 바랐다. 그 마음으로 머리카락에 매달려 올라갔다. 숨통이 끊길 때도 그들을 생각했다. 이제는 잘 모르겠다. 도무지 그들을 이해할 수가 없다.

"잘 모르겠어요. 장례식장에서는 모두 슬퍼 보였어요. 누나의 아빠도. 누나의 엄마도. 그리고 내 엄마도. 나는 누나처럼 죽지는 않을 거예요. 그 사람들보다 오래오래 더 행복하게 살 거예요."

내가 죽었을 때 은위는 고등학생이었단다. 내 유언장은 공증을 받지 않아 효력이 없었고 이 집은 자연히 아빠가 소유하게 되었다고 한다. 아빠는 서둘러 이 집을 팔고 싶어했지만 사람이 죽어나간 집이라 그런지 몇 해가 지나도록 아무도 관심을 보이지 않았단다. 결국 성인이 된 은위가 이 집을 샀단다. 아줌마는 은위가 이 집을 갖는 걸 못마땅해하면서도 반대하진 않았다고 했다. 나의 유언은 은위가 시세에 맞는 집값을 지불하고 나서야 효력을 발휘하게 된 것이다.

나는 은위에게 두번째 소설을 온라인 연재 사이트에 올려달라고 부탁했다. 두번째 소설이 많이 팔려서 은위의 통장을 두둑이 채워주었으면 좋겠다. 그 누구보다 은위가 잘 살길 바란다. 은위의 행복을 바랄 때는 잠시 좋은 사람이 된다. 세상에 해를 가하지 않는. 증오도 분노도 없는.

내 부모와 아줌마에게도 그랬다면 어땠을까. 그들을 미워하는 대신 행복을 빌어주었다면 죽지 않고 살 수 있었을까. 나의 행복을 빌어줄 누군가를 만날 수 있었을까. 하지만 나는 그럴 자격이 없는 사람이다.

*

    나의 하루가 또다시 시작된다. 눈을 뜬다. 이불 안은 따뜻하고 침대는 폭신하다. 아무런 소음도 들리지 않는다. 아침의 고요는 응달에 파고든 햇살처럼 반갑다. 몸을 일으킨다. 실내용 슬리퍼를 신고 선풍기를 끈다. 창문을 열자 찐득한 여름 공기가 몰려온다. 한여름밤 창문을 열어놓고 잘 수 없다는 점 말고는 주택에서 혼자 사는 것에 아무 불편함이 없다. 커피머신을 작동시키고 창문을 열어 환기를 시킨다. 습기와 열기는 원두 갈리는 소리에 파묻힌다. 머리를 질끈 묶고 간단히 양치와 세수를 한다. 그사이 커피머신은 깔끔히 커피를 내려놓는다. 냉동실에서 차가운 얼음을 꺼내와 유리컵에 옮겨 담는다. 냉장고에서 미리 삶아 놓은 달걀도 한 알 꺼낸다. 과일도 하나 있으면 좋을 것 같다고 생각하며 냉장고 문을 닫는다. 이제 완전한 행복을 누릴 차례다. 식탁 앞에 앉아 커피를 한 모금 마시고 달걀 껍데기를 깐다. 바스락 부서지는 소리가 귀를 간질인다. 창밖으로 낮은 담장 너머가 보인다. 한적한 동네라 오가는 사람은 거의 없다. 완전한 나의 행복이다. 이 집은 언제나 여름이다. 이런 날이 언제까지 반복될지는 모르겠다. 은위가 갑자기 찾아왔듯이 보고 싶은 사람이 또 찾아오길 기다려본다. 이 집에 영원히 머무를 수는 없다. 이 집을 은위에게 주었으니까. 은위가 이 집에 정착한다고 하면 떠나야겠지. 하지만 지금은 이 집에서의 시간을 조금 더 즐기고 싶다. 나의 이야기가 완전히 끝날 때까지.

강과 구슬

"우리 애가 자꾸 이상한 걸 본다니까요. 그것들 좀 떼어 내줘요. 네?"

구슬 할머니를 찾아간 엄마는 늘 그랬듯 내 이야기부터 꺼냈을 것이다. 엄마가 다녀간 날 밤이면 구슬 할머니는 나를 놀이터로 불러냈다. 훤한 낮에도 아무도 얼씬거리지 않는 그곳으로 말이다.

"새까만 머리카락을 지저분하게 길렀어. 키는 멀대같이 크고 말이야. 진짜 본 적 없어?"

매번 같은 질문이다. 박구슬을 찾는 데 정신이 팔린 구슬 할머니는 엄마의 부탁 같은 건 까맣게 잊었다. 박구슬은 할머니의 비즈니스 파트너다. 무려 삼십 년을 구슬 할머니 곁에 머물렀던 박구슬은 한 달 전쯤 사라졌다. 구슬 할머니는 무척 당황스러워하다가 곧 몸져누웠다. 엄마는 구슬 할머니가 어떻게 될까봐 며칠간 밤을 새우며 곁을 지켰다.

"몰라요. 그런 거."

거짓말이다. 왜 본 적이 없겠는가. 박구슬은 여전히 이 동네를 어슬렁거리며 돌아다니고 있는데. 우리는 종종 마주쳤고 구면이기에 서로 알은체했다. 박구슬은 나에게 구슬할머니의 안부를 묻지 않았다. 그 무심함에 내가 다 상처받을 지경이었다.

"나 좀 도와줘. 강이 넌 다 볼 수 있잖아."

구슬 할머니는 어린아이를 구슬리듯 주머니에서 젤리한 봉지를 꺼냈다. 나는 봉지를 뜯어 젤리를 날름 입안에 집어넣었다. 구슬 할머니는 나를 만나러 올 때마다 슈퍼에들러 젤리를 한 봉지씩 사 온다. 말해준 적 없는데도 내 취향을 줄줄이 꿰고 있다. 이러니 야밤에 불러도 나올 수밖에 없는 거다.

"저는 열여덟 살인데요."

"그게 무슨 상관이라고."

"저보다 곱절은 더 사신 할머니가 저한테 그런 걸 묻는게 이상하잖아요."

일부러 목소리를 낮추고 속삭였다. 영안이 닫혔다는 소문이 나면 그 즉시 근근이 이어온 밥줄이 완전히 끊길 것이다. 할머니가 굳이 이 으슥한 놀이터로 나를 불러낸 이유도 그 때문이다. 구슬 할머니에게 십수 년도 넘는 세월을 의지하며 살아온 엄마가 이 소식을 듣게 된다면 어떨까. 엄마의 세상은 무너지는 걸까.

"한 번만 더 묻자. 정말로 구슬이 본 적 없어?"

"걔 자기 이름 부르는 거 되게 싫어하던데. 어디서 지켜보고 있으면 어쩌려고 그래요?"

"우리 구슬이, 여기 있어?"

구슬 할머니가 다급히 주위를 살폈다.

"그거야 모르죠. 저는 평범한 열여덟 살이라니까요."

"치사스럽게."

마음이 상해서 팽 뒤돌아선 구슬 할머니는 녹슨 그네가 삐거덕거리는 소리에 슬며시 고개를 돌렸다.

"구슬이냐?"

반말하는 것도 싫어하던데. 어쩜 박구슬이 싫어하는 것만 골라서 하는지 모르겠다. 내가 좋아하는 젤리는 척척 잘도 골라냈으면서. 그래서 박구슬이 도망가버린 건가. 칼바람에 빈 그네가 흔들거리는 건데도 구슬 할머니는 그리움 가득한 눈으로 허공을 지긋이 바라보았다.

"박구슬 아니에요. 바람 분 거예요."

"진짜지?"

"사람 말을 믿어야지, 언제까지 귀신 말만 들으려고 그래요?"

"싸가지 없는 것."

나보다 한 뼘쯤 작은 구슬 할머니가 턱을 치켜들며 내

얼굴을 뚫어져라 쏘아보았다. 물을 머금은 것처럼 볼을 부풀리며 입술을 옹졸해 보이게 만드는 건 구슬 할머니가 점칠 때 짓는 특유의 표정으로 별로 신뢰가 가는 얼굴은 아니다. 저렇게 이상한 표정만 짓지 않았어도 단골손님이 몇은 더 늘었을 텐데.

"뭐가 보여요?"

"복채는 준비해놓고 묻는 거야?"

"열여덟 살이라니까요."

"뭐 대단한 벼슬이라고 자꾸 나이를 들먹거려?"

"그거 대단한 실례라고요. 멋대로 남의 인생 훔쳐보는 거. 부탁도 안 했는데 말이에요."

"뭐가 보여야 실례를 하든 말든 할 거 아니야!"

놀이터 건너편 수풀에서 어슬렁거리던 박구슬이 구슬 할머니를 발견하고는 화들짝 놀라 도망치듯 달아났다. 요란스러운 퍼덕거림에도 구슬 할머니는 박구슬의 존재를 알아차리지 못했다.

"집 떠난 귀신한테 미련 두지 말고 다른 귀신을 찾아보는 건 어때요?"

구슬 할머니는 뭔가 한마디 덧붙이려다 말고 입을 다물었다. 박구슬은 그다지 능력 있는 귀신이 아니었다. 그저 길을 잃은 불쌍한 영혼일 뿐이다.

"솔직히 말해봐요. 할머니, 이제 아무것도 안 보이죠?"

구슬 할머니가 내게 그랬던 것처럼 나도 구슬 할머니를 유심히 내려다보았다.

"뭔 개똥 같은 소리야!"

문제는 박구슬이 아니었다. 구슬 할머니는 영적인 기운을 모조리 소진해버렸다. 영안이 완전히 닫힌 것이다. 박구슬이 옆에 있다고 해도 아무 쓸모 없을 텐데 왜 저렇게 박구슬을 찾아다니는지 모르겠다.

"정 급하면 여기 있는 귀신이라도 하나 데리고 가실래요? 저분이 할머니랑 잘 어울릴 거 같은데."

나는 구슬 할머니와 연령대가 비슷해 보이는 할아버지를 쳐다보았다. 할아버지는 아까부터 미끄럼틀 아래에 앉아 모래 바닥을 손가락으로 긁고 있었다.

"강이 네 인생도 참 괴롭겠구나."

구슬 할머니는 엉뚱한 곳을 쳐다보며 혀를 끌끌 찼다.

"거기가 아닌데요."

내 손가락이 미끄럼틀을 가리키자 시소를 쳐다보고 있던 구슬 할머니의 눈동자가 다급히 방향을 틀었다.

"너 잘났다!"

겨우 죽은 사람 좀 보는 거 가지고 잘났다고 말할 수 있을까. 부러워하는 사람도 없을 텐데.

"할머니, 나랑 거래할래요?"

"무슨 거래!"

날 선 구슬 할머니의 목소리는 가라앉을 줄 모른 채 시끄럽게 사방을 찔러댔다.

"박구슬 찾아줄게요."

"대신?"

"내 동생 좀 데리고 가주세요."

"네가 동생이 어디 있어."

"한이요."

구슬 할머니는 잠시 뜸을 들이다 숨을 탁 내뱉었다. 구슬 할머니의 뜨뜻미지근한 숨이 구수했다.

"한이가 아직도 여기 있단 말이야?"

구슬 할머니가 풀이 푹 꺾인 목소리로 물었다.

"그러게나 말이에요. 벌써 십일 년째인데."

"그랬구먼. 진작 말했으면 좋았을 걸."

"누가 데리고 갈까봐 비밀로 했어요."

"이젠 보기 싫어졌어?"

"불쌍하잖아요."

"그런데 나더러 네 동생을 어디로 데리고 가달라고?"

나는 아무 말도 하지 못했다. 구슬 할머니 옆에 검은 형체가 드리우기 시작했다. 그 형체가 무얼 뜻하는지 나는 안다. 구슬 할머니는 곧 죽을 것이다. 박구슬이 구슬 할머니를 떠난 건 저 형체 때문이다. 구슬 할머니를 데리러 온 저승사자가 자신도 끌고 갈까봐 겁나서 도망친 거다. 박구슬도 그만 세상을 떠돌고 구슬 할머니를 따라 떠나면 좋을 텐데. 나는 자주 죽은 사람들에 대해 생각한다. 내 눈에 종종 띄는 사람들. 불러도 대답 없는 사람들. 그들은 이미 죽고 없는 사람들이다.

"여기에 없는 사람들이 가는 곳이요."

없는 사람들. 참 이상한 말이다. 한때는 있었던 사람들이 지금은 없다는 것. 이상하지만 당연한 것이다. 죽는다. 죽어 없어진다. 없어진 사람들이 남긴 흔적이 세상에 존재한다. 그들을 기억하는 사람들이 있다. 나는 그 모든 것을 좀체 이해할 수가 없다. 죽어 없어진 사람들과 어딘가에 그들의 흔적이 남아 있다는 것.

"무슨 말인지 통 못 알아듣겠구먼."

구슬 할머니는 고개를 절레절레 저었다. 칠순을 훌쩍 넘긴 구슬 할머니에게도 죽음은 여전히 먼 미래의 일인가보다.

"거기 갈 때 내 동생도 좀 데리고 가달란 말이에요. 언제까지 여기 둘 수가 없어요. 혼자 노는 모습이 보기 딱해요. 십일 년이나 혼자 놀았잖아요. 우리집 그 좁은 마당에서."

"그러니까 내가 어디로 가야……."

구슬 할머니의 입술이 천천히 오므라들었다. 드디어 내 말의 의미를 깨달았나보다. 가끔씩 사람들에게서 검은 형체를 보았다. 그들 대부분은 얼마 되지 않아 죽었다. 검은 형체를 보면 나는 기도를 한다. 어딘가에 존재할 신에게. 그 사람들을 좋은 곳으로 데려가달라고. 이 땅에 남겨두지 말라고. 웃을 일만 가득한 곳으로 가게 해달라고. 여기 일은 모두 잊게 해달라고.

"그, 그런 것도 보, 보인단 말이냐?"

자신의 죽음을 예고받은 구슬 할머니는 당혹스러움을 숨기지 못하고 말을 더듬었다.

"그런 거 말고 또 뭐가 보여야 하는 건데요."

"언제야."

"뭐가요?"

"언제냐고."

"모르죠."

"치사하긴."

구슬 할머니는 주머니를 뒤적거리더니 꼬깃꼬깃 구겨진 만 원짜리 세 장을 꺼내 펼쳤다.

"자, 좀 더 자세히 말해봐."

눈앞에서 팔랑거리는 지폐 세 장을 받을까 말까 고민했다. 저 돈의 의미를 알고 있다. 구슬 할머니는 저렇게 번 돈으로 삼십 년을 먹고살았다. 내게도 절대로 대가 없이 앞날을 봐주지 말라고 했다. 무슨 이유에선지 모르겠다. 구슬 할머니 같은 사람들이 먹고살 길이 막힐까봐 염려가 되는 건지, 아니면 공짜로 앞날을 봐주면 무슨 탈이라도 나는 건지. 나는 아직 모르는 게 많았지만 별로 자세히 알고 싶지도 않다.

"됐어요."

갖고 싶은 신발을 장바구니에 담아놓은 지 오래되었다. 딱 삼만 원이 모자랐다. 잠깐 유혹에 흔들렸지만 눈을 질끈 감았다. 구슬 할머니처럼 살고 싶지 않다. 남의 인생에 관해 이러쿵저러쿵 이야기해주는 대가로 돈을 받는 것. 이 세상을 떠나지 못하는 영혼에게 기대어 살아가는 일. 그런 삶은 내가 원하는 게 아니었다. 선택받고 싶지 않다. 선택하고 싶다. 저 돈을 받는 게 그 모든 일의 시발점이 될까봐 두려웠다.

"싫으면 말아라. 돈 굳었지 뭐야."

주섬주섬 돈을 챙기면서도 구슬 할머니는 나를 이해한다는 듯 고개를 끄덕였다. 한이의 죽음으로 우리집은 구슬 할머니와 인연을 맺게 되었다. 귀신은 사람의 몸을 빌리지 않고서는 바다를 건널 수 없단다. 그래서인지 목야에는 귀신에 쓴 사람이 많았다. 귀신이 사람에게 자꾸 들러붙는 이유가 섬을 탈출하기 위함인지, 좁은 섬에서의 무료한 생활에 활력을 주기 위함인지는 잘 모르겠지만 그 덕에 목야의 무당들은 바빴다. 한이가 죽었을 때 유명한 무당들은 너무 바빠서 우리집까지 올 수가 없었다. 구슬 할머니는 시간이 널널했다. 약속을 잡지 않아도 언제든 만날 수 있었다.

죽은 한이가 아직 집에 있다고 말한 사람은 나였다. 엄마는 내 말을 듣더니 분주하게 주변을 수소문해 구슬 할머니를 찾아냈다. 아빠는 쓸데없는 짓이라며 먹지도 못하는 술을 진탕 마시곤 온종일 안방에 누워 있었다. 아빠가 방에서 울고 있다는 걸 모를 수가 없었다. 방에 들어간 아빠는 항상 눈이 통통 부어서 나왔다. 동네가 떠나갈 듯 시끄러운 굿판이 열렸는데도 딴죽을 거는 사람이 없었다. 구석에 쭈그리고 숨어 있던 한이는 밤늦게 다시 마당으로 나왔다. 구슬 할머니의 굿은 실패했다. 그리고 십일 년째 그 자리에서 혼자 놀고 있다.

한이가 아직도 집에 있다는 말은 누구에게도 발설하지 않았다. 구슬 할머니의 실패를 선포하기 싫었다. 한이야 내가 돌보면 되니 상관없었다. 능력 밖의 일을 강요받아 억지로 해온 박구슬도 너무 짠했다. 한이에게도 우리와 계속 같이 사는 것보단 구슬 할머니를 따라가는 게 나을 것 같았다. 구슬 할머니라면 믿을 수 있으니까. 구슬 할머니가 한이도 데리고 가준다면 안심할 수 있을 테니까. 박구슬을 볼 때마다 한이가 떠올랐다. 불쌍한 한이가 박구슬 같은 신세가 되게 놔둘 순 없었다.

"내가 언제 죽는지 진짜 말 안 해줄 거야?"

"할머니가 직접 알아내세요."

"구슬이랑 한 번만 만나게 해줘봐. 할말이 있어 그래."

나는 어깨를 으쓱 올리는 것으로 대답을 대신했다.

"염병!"

구슬 할머니가 쓸쓸한 얼굴로 하늘을 올려다보았다. 위로를 건네야 할까. 그냥 가만있으면 되는 걸까. 이럴 때는 어떤 반응을 보여야 하는 건지 모르겠다. 모두가 겪는 일이라는데 왜 이렇게 어려울까. 구슬 할머니는 곧 떠난다. 이놀이터로 날 불러낼 사람이 사라진다.

"네 엄마한테 언제 말할 작정이야?"

"뭘요?"

"네 동생이 여기 있단 말."

"영원히 안 할 거예요."

"너 영안 트인 거, 네 엄마도 대충 알아."

"저도 알아요."

"네 엄마 걱정이 이만저만이 아니야."

"그러니 더 말할 수 없는 거예요. 지금 그 말을 어떻게 해요. 한이가 아직 못 떠났다고."

"어쩌려고 그러는지…… 쯧."

"그래서 할머니한테 부탁하는 거잖아요. 가시는 길에 한이 좀 데려가달라고."

"내가 가긴 어딜 간다고 그러는 거야!"

버럭 소리를 질렀지만 구슬 할머니의 목소리에는 두려움이 가득했다. 괜한 말을 했나보다. 나도 모르게 나온 말이었다. 왜 그런 말을 해버렸는지 나도 잘 모르겠다.

"어휴. 나도 안 죽어봐서 모르겠다만 노력은 해볼 테니 그리 알아."

"약속해요."

"내가 좋은 곳으로 못 가면 어쩌려고. 나 따라온 네 동생은 어떻게 될 줄 알고 그런 부탁을 막 하는 거냐?"

"그러게요. 제가 이렇게 생각이 짧아요."

"너도 참 딱하다."

구슬 할머니는 죽지 못해 사는 거라는 말을 자주 했었다. 삶이 고되어 죽음을 기다릴 줄 알았다. 죽음을 반가워할 줄 알았는데 저토록 예민하게 반응하다니 의외였다. 역시 저승보단 이승이 나은 건가. 그래서 박구슬도, 내 동생 한이도 아직 여기 머무는 건가. 박구슬과 나란히 앉은 구슬 할머니를 볼 때마다 구슬 할머니 옆에 있는 게 귀신이 아니라 사람이라면 좋았겠다고 생각했다. 구슬 할머니는 외로워 보였다. 내 미래의 모습 같았다. 내 옆에는 한이가 있다. 한이와 나는 박구슬과 구슬 할머니처럼 비즈니스 파트너가 될지도 모른다. 같이 있는 건 좋지만 한이가 박구슬처럼 되는 건 싫다.

"할머니가 없으면 심심할 거 같아요. 나랑 좀 더 놀다가 천천히 가세요."

나는 구슬 할머니를 좋아한다. 구슬 할머니가 없었다면 나는 허락도 없이 불쑥불쑥 나타나는 귀신들의 장난감이 되었을지도 모른다. 구슬 할머니는 주기적으로 나에게 부적을 써주었다. 내가 귀신을 좀 덜 보게 해주고 빙의되는 걸 막아주는 부적이라고 했다. 서로의 곤란한 사정을 알아주는 게 친구라면 구슬 할머니는 내 가장 오래된 친구다. 그런데도 구슬 할머니가 떠나면 내 눈에선 눈물이 흐르지 않을 것 같아 슬프다. 나는 눈물을 흘리는 법을 잊었다. 한이가 죽고 나서부터였다. 사람들은 내가 모질다고 했다. 눈물로 슬픔의 무게를 멋대로 쟀다. 눈물이 흐르지 않는다고 해서 슬프지 않은 건 아닌데. 눈물만 흘리지 않을 뿐 마음속에서는 똑같이 울고 있는데.

"박구슬, 이 미련한 놈한테나 전해줘. 나하고 같이 떠나자고. 미련 버리고 이제 그만 가자고."

"할머니가 직접 전하세요."

"아무것도 안 보인다니까! 내 입으로 자꾸 떠들게 해! 싸가지 없는 년!"

"구슬이 보면 할머니한테 가보라고 할게요."

"너 잘났다!"

눈이 시렸다. 주머니에서 안약을 꺼냈다. 고개를 치켜들고 양쪽 눈에 두어 방울씩 떨어뜨렸다. 툭하면 눈이 메마른다. 안약 한 방울이 볼을 타고 흘러내렸다. 눈물 같았다. 안과를 찾아가 다양한 검사를 받아봐도 눈물이 나지 않는 원인을 밝혀내지는 못했다. 의사는 심리적인 문제일 수 있다며 매번 안약을 처방해주었다. 따로 상담을 받아볼 것을 권했지만 거절했다. 그러려면 한이의 이야기를 꺼내야 하는데 그건 너무 아프다. 나를 아프게 만들어 눈물을 터트리게 할 생각인 걸까.

"밤길 위험하다. 얼른 들어가."

"위험한 거 알면 이 시간에 부르지를 말았어야죠."

"꼬박꼬박 말대꾸는!"

"아직 멀었으니 너무 걱정하지 마세요. 우리 한이 부탁하려고 해본 소리니까요. 오늘 한 말은 잊으세요."

거짓말이다. 머지않았을 것이다. 검은 형체가 너무 짙어졌다. 먼저 놀이터를 뜨려던 구슬 할머니가 슬쩍 뒤돌아봤다. 미간 사이가 판판해지는 걸 보니 안도하는 것 같았다. 구슬 할머니가 뒷짐 진 손을 풀어 가볍게 흔들었다. 잘한 짓인지 모르겠다. 박구슬이 멀찍이서 구슬 할머니를 훔쳐보고 있었다. 그러다 저승사자에게 잡혀가면 어쩌려고. 구슬 할머니에게 남은 날이 많지 않다는 걸 알면서. 구슬 할머니의 영안이 닫힌 건 신의 배려일지도 모르겠다. 남은 날 동안은 귀신에게 시달리지 말고 편하게 쉬다 오라는.

내 동생 한이는 나를 피해 숨지 않는다. 그렇다고 해서 같이 놀아주는 것도 아니지만. 한이는 목소리를 잃었다. 아무 말도 하지 못한다. 집안으로 들어오지도 않는다. 매일 마당에서 혼자 논다. 사고가 날 때 입고 있었던 내복 차림 그대로

다. 한이가 나와 말도 하고 놀아달라 조르고 따뜻한 집안에 들어와 마음껏 돌아다녔다면 굳이 한이를 먼 곳으로 떠나보내려고 하지는 않았을 것이다.

*

"야!"

초원이 대문을 쾅쾅 두드렸다. 나는 화장실에서 볼일을 보다 말고 마당으로 서둘러 뛰어나갔다. 한이가 장독대 뒤에 숨어 오들오들 떨고 있었다.

"성질이 왜 이리 급해? 잠깐 기다리면 어디 덧나? 초인종 울리자마자 뛰어나왔잖아."

대문만 열어주고 얼른 한이에게 달려갔다. 한이가 빼꼼 고개를 내밀고 초원의 얼굴을 확인했다. 이런 과격한 등장에 익숙해질 만도 한데 한이는 번번이 놀랐다. 살아 있을 적에 만난 적 없는 사람이라 그런 걸까. 한이의 기억은 죽은 그날에 머물러 있는 걸까. 말해주면 좋을 텐데. 뭐든. 아무거라도.

"괜찮아?"

한이의 대답을 들을 수는 없다. 한이를 만질 수도 없다. 잠시 뒤 한이가 담장 아래로 뛰어가더니 쭈그려 앉아 돌멩이를 가지고 논다.

90

한때는 한이의 눈에 내가 보이지 않는가보다 생각했다. 한이에게 나는 없는 사람이나 매한가지라고 생각하면서도 기분이 이상했다. 그래서 하루는 학교에서 돌아오자마자 가방을 바닥에 내팽개치고 한이에게 다가가 막 따졌다. 불공평하지 않으냐고. 왜 나만 너를 보고 너는 나를 못 보는 거냐고. 그때도 한이는 별 반응을 해주지 않았다. 나를 쓱 지나쳐 내 가방을 만지작거릴 뿐이었다. 너무 분했다. 나는 가방을 발로 뻥 차버렸다. 그랬더니 한이가 날 가만히 올려다봤다. 겁먹은 얼굴이었다. 네 눈에도 내가 보이는구나. 그런데 왜 내게 도와달라고 말하지 않는 거야. 놀아달라고 조르지 않는 거야. 언제든 말해. 무섭다고 말하라고. 죽고 싶지 않았다고 말해. 같이 떠나달라고 말해도 돼. 내가 다 들어줄 수 있어. 넌 우리집 최고 겁쟁이였잖아. 그새 날 잊은 거야? 내가 미워서? 나를 너무 원망해서? 나 때문에 네가 죽었으니까? 한이는 대답하지 않는다. 고개를 끄떡여주지도 않는다. 그저 혼자서 마당을 돌아다니며 놀기만 한다. 무더운 여름에도, 시린 겨울에도 여전히 내복 차림이다. 그 모습을 보고 있으면 얼마나 속이 상하는지 모른다. 내가 널 위해 뭘 해주면 좋을까.

"또 혼잣말하네."

초원이 내 옆에 서서 주위를 둘러보았다.

"여기 귀신이 있어. 귀여운 꼬마 귀신이."

"거짓말."

초원이 풋 웃음을 터트렸다. 무서워서 저런다. 차라리 내 말을 믿지 않는다면 좋을 텐데. 귀신 이야기를 꺼낼 때마다 굳은 얼굴로 괜찮은 척을 한다. 참 한결같다. 그래서 좋긴 한데 가끔은 신경이 쓰인다. 초원은 한이와 반대로 혼자 있는 걸 잠시도 견디지 못한다.

"대문 좀 그렇게 두드리지 마. 얘가 놀란다니까. 왜 말을 안 들어?"

"초조하니까. 네가 안 열어주는 걸까봐."

"내가 언제 안 열어준 적 있어?"

"아, 미안해. 미안하다고. 됐어?"

초원이 왜 저러는지 다 알고 있다. 강령술 거짓말 사건 때문이다.

초원은 중학교 3학년 때 이곳으로 전학을 왔다. 새로운 학교에 잘 적응하고 싶은 마음에 자신이 강령술을 할 줄 안다며 친구들을 끌어모았다. 그 때문에 초원은 전학을 오자마자 많은 관심을 받았다. 쉬는 시간이면 교실은 초원을 찾아온 아이들로 북적였다. 오래 지나지 않아 초원이 알려주는 강령술의 방법과 주의 사항이 매번 다르다는 불만이 곳곳에서 터져나왔고 결국 초원은 우리 학교 최고의 뻥쟁이로 등극했다. 초원은 중학교를 졸업할 때까지 외톨이로 지내야 했다. 소문은 고등학교까지 따라왔다. 그래서인지 초원이 먼저 나에게 다가왔다. 외톨이가 외톨이를 알아봤다고 해야 하나. 종종 혼잣말을 하는 내게 친구가 있을 리 없었다.

"같이 밥 먹어도 돼?"

나는 그러라고 했다. 내 옆에 앉아 있던 눈알이 빠진 귀신을 쫓아냈다. 혼자 급식을 먹어도 상관은 없었지만 기왕이면 옆자리에 귀신이 앉아 있는 것보단 사람이 앉아 있는 게 나으니까. 그날부터 초원은 나를 졸졸 쫓아다녔다. 우리는 한 번도 같은 반이었던 적이 없다. 초원은 그 점을 무척이나 아쉬워했다.

"그러고 갈 거야?"

초원이 나를 아래위로 훑으며 물었다.

"어딜?"

"목야제."

"안 가."

"같이 가기로 했잖아."

"내가 언제."

"가. 가자고."

"싫다고 했잖아."

"마지막 목야제잖아."

"마지막? 내년에 없앤대?"

"그게 아니라 우리 내년에 고3이잖아. 공부해야지."

"아."

지천에 널린 혼을 달래고 위로하는 천도제로 시작된 목야제는 동네잔치를 겸하다가 몇 년 사이 지역축제로 변모했다. 그러면서 목야의 무당들이 한자리에 모여 올리는 화려한 굿판을 거북스러워하는 분위기가 생겨났다. 항구에서 거하게 벌어지던 굿판은 매해 구석으로 조금씩 밀려나고 있었다. 그래도 목야제의 본 목적이 굿이라는 데에는 모두가 동의했다.

"나랑 같은 대학 가기로 한 거다?"

"무슨 대학을 친구 따라가냐?"

"성적도 비슷하니까 하는 소리지. 공부 너무 열심히 하지 마. 현상태를 유지하라고. 중간만 가도 선방이래."

"참 속 편하게 산다. 부럽다, 부러워."

"약속하는 거다? 같은 대학, 같은 과!"

나는 대답하지 않았다. 집을 떠난다는 생각은 해본 적 없다. 한이가 마당에 머무르는 한 나도 집에 머물러야 했다. 나는 한이를 떠날 수 없다. 내가 한이를 죽게 만들었기 때문이다.

"오늘 되게 유명한 가수도 온다잖아. 가자."

"누구?"

"난 잘 모르지만 엄마가 되게 유명한 사람이랬어."

초원은 내가 간다고 말할 때까지 조를 것이다. 자신이 하고 싶은 일은 무조건 해야 하는 아이니까. 초원의 부탁을 들어주기로 한 건 초대된 가수가 누구인지 궁금해서가 아니었다. 우리의 마지막 축제라는 말에 흔들렸다. 나에게는 마지막이 아니지만 초원에게는 마지막 축제가 될 것이다. 나는 목야에 남고 초원은 목야를 떠날 테니까.

"잠깐만."

나는 한이의 곁으로 다가갔다.

"너도 갈래?"

역시나 대답이 없다. 쳐다보지도 않는다.

"그것 좀 하지 마. 너 그럴 때마다 무섭다고."

초원이 소리쳤다. 목소리가 떨리는 게 정말로 무서운 모양이다.

"여기 귀여운 꼬마가 있다고 몇 번을 말해."

"하지 말라니까!"

"내 말은 믿지도 않으면서 나랑 왜 친구 하냐?"

"친구가 너뿐이니까. 너도 나 말곤 친구 없잖아. 우리 대학 가서 새출발하자. 그땐 절대 허공에다 혼잣말하면 안 돼. 난 친구 더 만들고 싶어."

"너나 강령술 같은 거 퍼뜨릴 생각 마."

"치, 그거 진짠데. 필요할 때 쓰면 유용하다고."

알고 있었다. 초원이 전파시킨 강령술은 진짜라는 것을.

흥분한 아이들이 주의 깊게 듣지 않았기에 실패했을 뿐이다.

귀신은 자신을 부르면 신이 나서 달려온다. 하지만 귀신도 사람을 가린다. 자신을 부른 사람이 어둡고 축축하지 않으면 슬쩍 왔다 다시 가버린다. 귀신들의 입맛에 맞는 아이들이 별로 없었다는 게 얼마나 다행이었는지. 전교생이 단체로 빙의될 뻔했으니까. 그 와중에 성공한 애들도 몇 있긴 했다. 그중 한 명이 우리집과 가까운 곳에 살고 있다. 초원은 그 애를 제자라고 부른다. 그 당시 제일 진지한 태도로 강령술에 임했기 때문이다. 쉬는 시간마다 노트를 들고 찾아와 공부하듯 초원의 말을 받아 적었다. 초원은 자신의 제자와 친구가 되려고 노력했지만 그 애가 거부했다. 나 역시 그 애에게 관심이 많았다. 학교를 오갈 때마다 그 집 앞을 지나쳤고 매일 동태를 살폈다. 그 애에게 구슬 할머니의 부적이라도 한 장 주고 싶었지만 별로 효과는 없을 것 같았다. 그 아이는 자신에게 붙은 귀신을 놓아줄 생각이 없어 보였다. 오히려 귀신이 그 애에게 붙들려 있는 것 같았다. 무엇이 그 애의 마음을 그렇게 어둡고 축축하게 만들었을까. 내 동생 한이도 나 때문에 이 집에 갇힌 걸까.

"금방 갔다 올게. 재밌게 놀고 있어."

내가 한이에게 해줄 수 있는 건 인사뿐이다. 한 번도 받아준 적 없지만 그만둘 수가 없다.

"혼잣말 좀 하지 말라고!"

초원이 몸을 부르르 떨며 질색을 하고 대문 밖으로 뛰어나갔다. 초원을 따라나서며 한이에게 손을 흔들어보였다. 어디 가면 안 돼. 나 없을 때는 떠나지 마. 한이를 떠나보내겠다는 결심을 하고서도 한이가 더는 이 마당에 없다고 생각하면 심장이 아렸다. 한이가 있어도 아프고 없어도 아플 것 같다. 한이는 무표정한 얼굴로 혼자 마당을 뛰어다닐 뿐이었다. 이렇게라도 매일 만날 수 있다는 것에 감사해야 하는 거겠지.

행사장은 그야말로 인산인해였다. 올해는 작년보다 축제 규모가 더 커졌다. 목야 사람보다 외지인이 더 많아 보였다. 지난가을에 목야에서 촬영한 영화가 흥행했다. 영화를 본 사람들이 섬으로 관광을 오면서 하루에 한 번 오가던 여객선은 하루 세 번으로 증편되었다. 소문에 의하면 외지 사람들이 목야의 땅을 닥치는 대로 사들이고 있다고 했다. 뭍과 목야를 이어주는 대교가 건설될 예정이라는 소문이 퍼졌다. 그 때문에 목야의 어른들은 들떠 있었다. 부쩍 동네 사람들이 한자리에 모이는 일도 잦아졌다. 어디가 개발이 된다고 하고 누구 땅이 얼마에 팔렸다고 하고. 어른들이 모인 자리에서는 돈 이야기가 빠지지 않았다. 그 모임에 아빠도 빠지지 않고 참석했다.

"저기, 네 아버지!"

축제를 핑계 삼아 어른들이 한자리에 모여 웃고 떠들며 술잔을 기울이고 있었다. 아빠도 끄트머리에 앉아 옆 사람에게 술을 따라주었다. 술은 잘 마시지도 못하면서 저런 자리에는 빠지는 법이 없다. 아빠가 내 눈에만 슬퍼 보이는 걸까. 아빠는 금방이라도 울 것 같았다. 눈에 눈물이 그렁그렁 했다. 아빠가 내 눈물을 다 빼앗아간 것 같았다.

"우리 아빠, 어때 보여?"

"취하셨네."

"아빠는 술 안 마시고 있는데?"

"그래? 근데 왜 취하신 것 같지?"

눈물과 술은 성분이 비슷한가보다. 내 눈에도 그렇게 보였다. 아빠의 얼굴이 홍건히 취한 아저씨들과 별반 달라 보이지 않았다. 아빠는 동네 사람들과 어울리는 걸 좋아하지 않는다. 개중 우리 한이를 죽인 사람이 있을지도 모르니까. 동네 사람이 아니라면 누가 그날 우리집 앞을 지나가겠는가. 그러나 아빠는 참고 견뎠다. 좋은 얼굴로 매일 마주하다 보면 어느 날 자백해올 거라 믿었다. 한이를 죽인 사람이. 한이의 죽음을 목격한 사람이. 미안하다고 무릎을 꿇을 거라 했다. 이미 용서할 준비도 마쳤고 그냥 한이에게 사과만 해주었으면 좋겠다는 마음으로 버티고 있단다. 선이 악을 이기는 날이 올 거라고 말했다. 그런 믿음을 품은 아빠가 어리석게 보였다. 하지만 나는 아빠를 응원한다. 아빠의 바람이 이루어지길 원한다. 그런 일은 절대 일어날 리 없다고 믿는 내가 틀리길 바란다.

"딸!"

아빠가 나를 보고 반갑게 손을 흔들었다. 나도 웃으며 손을 흔들었다. 아빠가 자리에서 일어나 우리에게 다가왔다.

아빠는 내가 초원과 있을 때 안심했다. 초원은 완벽한 외지인이라서. 한이가 죽었을 때 초원네 가족은 목야에 없었다. 아빠는 내가 친구 하나 없이 지내는 걸 마뜩잖아하면서도 아무나 사귈까봐 초조해했다. 초원은 아빠가 그리는 내 친구의 조건에 딱 알맞았다. 아빠의 불안을 이해하지만 불안은 잠시도 마음을 놓아주지 않는다. 계속해서 슬프고 화나고 미워하고 원망하고 저주하게 한다. 아빠는 용서할 준비가 다 되었다고 장담하지만 그건 모르는 일이다. 불안이 너무 커지면 스스로 마음을 통제할 수 없게 된다. 그리고 불안은 미끼가 되어 불순한 것들을 끌어모은다. 내가 싫은 건 그런 것이다.

아빠가 그것들을 끌고 집으로 들어오면 한이는 마당 뒤편에 숨어 벌벌 떤다. 마당 한가운데에 구슬 할머니가 준 부적을 파묻어두고 텐트도 쳤다. 근처 식당에서 버린 의자도 하나 주워왔다. 그곳에 내가 앉아 있으면 그것들은 한이에게 손대지 못한다. 부적 때문일 수도 있지만 내가 한이를 지키고 있다고 믿고 싶다. 한이를 지킬 운명을 타고났다고.

나만이 한이를 지킬 수 있다고. 그래서 나는 집에서는 대부분의 시간을 마당에서 보낸다. 엄마와 아빠는 그런 나를 보며 혀를 차지만 잔소리를 하지는 않는다. 우리는 상처를 공유하는 사람들이니까.

"초원이 오랜만이다. 공부하느라 힘들지? 이걸로 맛있는 거 사 먹고 재밌게 놀아. 우리 강이랑 친하게 지내줘서 아저씨가 너무 고마워."

아빠는 초원과 내 손에 만 원짜리 지폐를 한 장씩 쥐여주며 말했다. 초원이 함박웃음을 지으며 꾸벅 인사를 했다.

"먹거리 장터는 저쪽이야. 노래자랑도 곧 시작한다더라. 으슥한 데서 놀지 말고 사람 많은 데 가서 놀아. 알겠지? 그럼 또 보자. 집에 자주자주 놀러오고!"

아빠의 몸에서 술냄새가 났다. 정말 눈물과 술은 같은 성분으로 이루어졌는지도 모르겠다. 아빠는 다시 어른들이 모인 자리에 파고들어 앉았다. 이제 그만 포기하면 좋을 텐데. 사람들이 모인 자리에서 허허 웃음 짓다 집에 오면 방에 숨어 훌쩍거렸다. 눈물은 흔적을 남긴다. 닦아내도 숨길수가 없다. 아빠가 울면 나도 슬프다. 한이가 아직 마당에 있다고 말해주고 싶을 정도다.

아빠가 말한 으슥한 데란 무당들이 한데 모여 있는 곳이다. 관광객이 대거 몰리면서 올해 굿판은 더 구석으로 밀려나면서 아는 사람만 아는 행사가 되었다.

"난 할머니한테 가보려고. 넌 노래자랑 보고 있어. 금방 따라갈게."

초원의 등을 억지로 떠밀었다.

"싫어. 나도 갈래."

이럴 줄 알았다. 초원이 내게서 한 발짝도 떨어지지 않겠다는 듯 옆에 바짝 붙어 팔짱을 꼈다.

"유명한 가수도 온다며. 놓치면 어쩌려고 그래."

"너 따라가면 더 재밌는 일이 생길 거 같거든."

아무튼 이상한 애다. 목야에 전학 올 때부터 강령술이니 뭐니 해서 관심을 끌어모으더니 내가 농담을 섞어 흘리는 귀신 이야기에 질색하면서도 도망치진 않았다. 하긴 그러니 지금까지 나랑 친구로 지내는 거겠지.

"무료 봉사에 이 정도 푸대접이면 난 안 하고 말 거 같아."

가는 길에 초원이 투덜거렸다.

"동의해. 나도 하고 싶지 않을 거 같아. 그래도 어쩔 수 없지. 질이 나쁜 귀신들이 활개치고 다니면 사람들이 위험해지니까. 바다에 빠져 죽은 사람들의 넋도 기려야 하고. 구슬 할머니는 무당으로서 첫번째 임무가 사람들을 지키는 거라고 했어."

"너 요즘 들어 그 분야에 관심이 많아. 공부는 안 해? 구슬 할머니만 졸졸 따라다니는 거야? 진짜 뭐가 보여? 구슬 할머니 밑에서 수련중인 거야? 나랑 같이 대학 갈 거지?"

초원이 숨도 쉬지 않고 잔소리를 퍼부었다. 이렇게 말이 많은 애가 학교에서는 입을 다물고 산다. 내가 아니면 말을 받아줄 친구가 없기 때문이다.

물론 아이들이 초원을 피하는 이유가 강령술 때문만은 아니다. 목야는 사방이 바다로 둘러싸여 있는데 방향에 따라 어느 곳은 아름답고 어느 곳은 무서웠다. 해가 잘 들고 그늘이 없고 험한 바위가 많지 않은데도 유난히 음습한 곳이 있다. 귀신들이 한데 모이는 곳이다. 희한하게도 그런 곳에는 사람들도 오래 머물지 못한다. 초원에게 친구가 없는 이유도 그와 비슷했다. 가끔씩 초원은 귀신의 냄새를 묻혀 왔다. 숨을 쉬기 어려울 정도의 악취가 나는데 나는 그것을 영혼이 썩는 냄새라고 부른다. 그런데 온 신경을 집중해도 초원에게 들러붙은 귀신을 찾을 수가 없었다. 어디서 무슨 짓을 하고 왔느냐고 꼬치꼬치 캐물어봐도 평소와 다를 바 없는 평범한 일상뿐이었다.

"저기 모여 계신다. 목야에 살면서 여기까지 와본 건 처음이야."

슬리퍼를 신고 나온 초원이 발바닥에 붙은 모래를 털어내며 말했다.

굿판은 바다 인근까지 밀려나 있었다. 구경꾼 하나 없이 오직 무당들만 모여 있었다. 박구슬은 왜 저 구석에서 어슬렁거리고 있는 걸까. 구슬 할머니 걱정에 멀리 떨어지지도 못한다. 구슬 할머니도 외톨이었다. 다른 무당들과 어울리지 못하고 혼자 주위를 서성이고 있었다. 아무도 말을 걸어주지 않았다. 박구슬이 떠난 걸 다른 무당들도 눈치챈 걸까. 하긴 나도 아는 걸 다른 무당들이라고 모를까. 불쌍한 구슬할머니. 왜 저렇게 왜소하고 혈색이 없는지. 다른 무당들은 구슬 할머니보다 젊어 보였다. 화장이 진해서 그렇게 보이는 건지도 모르겠다. 구슬 할머니는 민낯이었다. 예전에 서울로 수학여행을 갔을 때 구슬 할머니 선물로 립스틱을 사온 적이 있다. 구슬 할머니는 중요한 날에 바르겠다며 뚜껑도 열어보지 않고 신당에 고이 모셔두었다. 도대체 그런 날이 오기는 하는 건지 중요한 일은 무엇을 말하는 건지 모르겠다.

"주책이야. 무슨 귀신이 눈물을 흘려. 사람인 나도 안 우는데."

박구슬은 구슬 할머니가 안쓰러운지 눈물을 후드득 떨어뜨리며 고개를 돌려 눈물을 훔쳤다.

"혼잣말은 마음속으로 하면 안 돼?"

초원이 몸서리치며 귀를 막았다.

"그러게 따라오지 말랬잖아. 무당들이 득실거리는 곳에 귀신 하나 없을까봐. 우리 사이에도 한 명 있어. 요즘 나랑 가깝게 지내는 귀신인데 박구슬이라고 해. 서로 인사 나누던가."

"진짜?"

초원이 호기심 가득한 얼굴로 눈동자를 굴렸다. 정말 알다가도 모르겠다. 귀신이 붙은 것도 아닌데 귀신 냄새가 나고 귀신 이야기에 질겁을 하면서도 궁금해한다. 나는 손가락으로 박구슬을 가리켰다. 박구슬은 쑥스러운지 머리를 긁적였다. 소개팅이라도 시켜주는 듯한 이 우스꽝스러운 광경을 혼자 보는 게 안타까울 따름이었다.

"애들은 가!"

우리가 다가가자 젊은 무당이 훠이훠이 소리 내며 닭 쫓듯 우리를 밀쳐냈다. 그때 구슬 할머니가 우리를 발견했다.

"내 손녀들일세! 비켜서게!"

구슬 할머니는 혀 차는 소리를 내며 젊은 무당을 못마땅하게 쳐다보았다. 젊은 무당이 입을 삐죽이며 자리를 피했다.

"여긴 웬일이냐. 구경 온 거야?"

"그렇긴 한데…… 여기 분위기 왜 이래요?"

흥이 다 깨진 상태였다. 무당 몇몇이 굿을 이어가곤 있었지만 분위기가 별로 좋지 않았다. 가장 이상한 건 귀신이 전혀 보이지 않는다는 것이었다. 푸짐하게 음식을 차려놓은 상 근처에 귀신이 하나도 없었다.

"뭐가 어떻게 돌아가고 있는 건지 나도 모르겠다. 다들 영발이 떨어진 건지, 아니면 나처럼 영안이 닫힌 건지. 아무 반응이 없단다. 귀신들이 싹 사라졌어."

"할머니 누가 들으면 어쩌려고 영안이 닫혔다는 얘기를 함부로 해요? 밥줄 끊기려고."

"알 사람은 다 알지 뭐. 박구슬 도망간 거. 그게 숨겨지 겠어?"

사람이 죽을 때가 되면 변한다더니. 덩치는 작아도 늘 당차던 구슬 할머니가 자포자기한 듯한 목소리로 기운 없이 말했다. 구슬 할머니 곁의 검은 형체가 며칠 전보다 더 짙어졌다. 정말로 헤어질 때가 다가온 건가. 박구슬도 눈치를 챈 모양인지 옆에서 눈물을 뚝뚝 흘리고 있었다. 나도 따라 울고 싶은데 눈물이 나오지 않았다.

"박구슬은 여기 있어요. 할머니 곁을 계속 얼쩡거렸어요."

선물이었다. 구슬 할머니를 위해서는 눈물 한 방울 흘려 줄 수 없으니까.

"괘씸한 놈……."

나를 통하지 않고서는 서로 한마디도 나눌 수 없었다. 구슬 할머니와 박구슬이 마주보고 섰다. 이번에는 박구슬도 구슬 할머니를 피하지 않았다. 나는 괜스레 먼바다를 내다보며 둘 사이에 흐르는 어색한 침묵을 견뎌냈다. 참 이상했다. 바다가 평소와 달랐다. 시간이 멈춘 것 같다고 해야 하나. 어느덧 해가 바다 뒤로 넘어갈 준비를 하고 있었지만 어딘가 이상하고 허전했다.

"없네."

바다 쪽으로 한 걸음 내디뎠다.

"그쪽으로 얼씬도 말아."

구슬 할머니가 내 팔을 잡아당겼다. 박구슬도 내 앞을 가로막았다. 모두 알고 있었구나. 초원이 바위 위에 걸터앉아 흐뭇하게 여름날의 바다를 감상하고 있었다. 부러웠다. 바다를 오롯이 즐길 수 있는 깨끗한 눈이. 아무것도 보이지 않았더라면 나도 바다가 이렇게 싫지는 않았을 텐데.

"그놈들이 하나도 없어. 다 어디로 가버렸어."

구슬 할머니가 한숨을 푹푹 내리쉬었다.

"할머니는 보이지도 않잖아요. 그걸 어떻게 알아요?"

"예끼, 이놈이 사람을 바보 취급 해. 아직 쓸 만은 하다니까. 우리 구슬이가 여기 어디쯤 있다는 것도 다 알아. 온 신경을 곤두세우면 느낄 수 있다고. 기도도 꾸준히 하고 있고."

박구슬이 떠난 뒤로 구슬 할머니는 오직 느낌으로 때려맞혀가며 점사를 보고 있었다. 그런데도 얼추 비슷하게 점사가 맞아서 내심 놀라워하고 있었다. 온 기운을 모아 집중하면 그 사람의 삶이 그려진다는데 대신 평소보다 빨리 허기가 진다고 했다. 밤마다 밥과 고기를 한 상 가득 차려 먹어야 다음날 손님을 받을 수 있단다. 박구슬이 최근 들어 급격히 퀭해진 게 구슬 할머니와 관련이 있나 싶기도 하다. 멀리서나마 구슬 할머니를 도와주고 있는 게 아닐까. 텔레파시 같은 거 말이다.

"박구슬은 거기 없는데. 저기 있는데."

박구슬이 어디에 있든 그게 뭐 중요한 건 아니었지만. 구슬 할머니와 박구슬이 실은 서로를 엄청 생각하고 있다는 걸 안다. 심술이 날 만큼. 우리 한이는 나를 본체만체하는데. 장난스레 한 말에도 구슬 할머니는 웃어주지 않았다. 평소 같으면 발끈해서 너 잘났다느니, 네 똥 굵다느니 하는 말을 서슴지 않다 하하 웃어넘겼을 텐데. 왠지 모르게 긴장이 되었다. 온몸의 털이 삐쭉삐쭉 서는 느낌이었다. 다들 어디로 갔을까.

"아침까진 괜찮았어. 머리 몇 개가 떠다녔다고. 굿을 한 바탕 올리고 지쳐서 밥 한 끼 먹고 온 사이에 싹 다 사라진 거야."

웬만한 귀신에게는 꿈쩍 않는 내가 유일하게 벌벌 떠는 존재가 물에 사는 귀신이다. 그것들은 물 밖의 귀신과 비교할 수 없을 만큼 강하고 악했다. 구슬 할머니는 그것들을 수사귀라고 불렀다. 생긴 것부터가 끔찍했다. 물에 퉁퉁 불은 형상 그대로인 것도 있고 썩은 살점을 덜렁덜렁 달고 다니는 것들도 있었다. 대체로 머리카락이 아주 길어서 성별은 구분되지 않았다. 부표 같은 게 떠다닌다 싶어 유심히 보면 귀신 머리였고, 파도가 좀 이상하게 친다 싶어 보면 허우적거리는 귀신이 있었다. 영안이 트이지 않은 사람의 눈에는 보이지 않을 것이다. 그래서 물가는 위험하다. 항상 조심해야 한다. 수사귀는 사람을 물가로 유인해 빠뜨려 죽인다. 죽은 사람이 천도하지 못하면 그 수사귀는 물에서 해방된다.

개중에는 순수하게 사람 사냥을 즐기는 수사귀들도 있다. 내가 제일 무서워하는 그 존재가 갯바위 아래에 머물고 있었다. 목야에서 사람이 제일 많이 빠져 죽은 곳이기도 하다. 음기가 얼마나 강한지 그 근처만 지나가도 기가 쏙 빨린다. 아차 하는 순간에 홀리는 것이다. 구슬 할머니도 갯바위 근처에는 얼씬도 하지 않는다. 다른 무당들도 웬만해선 갯바위의 수사귀와 얽히지 않으려고 노력한다. 그것은 사람이건 귀신이건 대상을 가리지 않고 유인한다. 나뭇가지에 잎사귀가 열리듯 귀신을 주렁주렁 매달고 돌아다닌다. 다른 수사귀들도 그 앞에선 힘을 못 쓴다. 천도제를 아무리 지내도 그것에게 붙잡힌 사람의 넋은 건져 올려지지 않는다. 영원히 그것에게 예속되는 것이다.

"전부 갯바위 귀신에게 잡힌 걸까요?"

"너희는 상관하지 말고 곧장 집으로 가. 오늘은 절대 물가에서 얼쩡거리면 안 된다. 느낌이 안 좋아. 사람 많은 데에도 가지 말고. 강이 네가 우리 구슬이 좀 지켜줘. 저것이 내 옆에만 오래 있어서 바깥세상 무서운 줄 몰라."

"그럼 제 부탁도 들어주실 거예요? 우리 한이 데리고 가달라는 부탁이요."

"이 녀석도 참. 무슨 그런 부탁을……. 알았어. 노력은 해 볼게."

"할머니도 이만 들어가세요. 보이지도 않잖아요. 갑자기 위험한 일이 생기면 어쩔 거야. 여기 누가 할머니를 도와준다고."

"늙은이 깔보는 게냐? 내 몸뚱이 하나 정도는 지킬 수 있어."

"안 된다니까."

"그럼 네가 나 대신 힘 좀 보태든지. 너는 잘 보이잖아."

나는 눈을 부릅뜨고 구슬 할머니를 노려봤다. 내가 질색하는 소리였지만 보는 눈이 많아 참아야 했다. 구슬 할머니가 영안이 닫혔다는 걸 아무에게도 들키고 싶어 하지 않듯이 나도 내 영안이 열렸다는 걸 누가 아는 게 싫다.

"박구슬도 없이 혼자 뭘 어쩌려고. 가볼게요. 몸조심하세요."

"예끼, 그 입 다물래도!"

내일 구슬 할머니 집에 들러야겠다는 생각을 했다. 구슬 할머니에게 드리운 검은 그림자가 너무 짙었다. 지울 수 있다면 박박 문질러 지워버리고 싶었다. 떼어낼 수 있다면 칼로 도려내고 싶었다. 하지만 내가 할 수 있는 일은 박구슬을 지켜달라는 구슬 할머니의 부탁을 들어주는 것뿐이었다. 구슬 할머니의 마지막 부탁일지도 모르니까. 구슬 할머니는 좋은 곳으로 갈 수 있을까. 원한과 미련에 발목 잡혀 죽어서도 떠나지 못하는 것들을 연민하던 구슬 할머니였으니 가볍게 뒤돌아설 수 있겠지. 옆에서 초원이 재잘재잘 떠들어댔고 나는 고개만 끄덕였다. 소중한 이를 떠나보낸 적 없는 사람은 이해할 수 없을 거다. 영원히 헤어진다는 게 어떤 건지. 직접 겪어보지 않으면 모른다. 영원히 헤어진 사람이 여전히 곁에 머물고 있다는 게 얼마나 슬프고 아픈 일인지.

"할머니가 빨리 집에 가래. 집에 가서 놀자."

"그게 무슨 소리야? 마지막이라고 했잖아. 우리의 마지막 축제."

초원이 내 손을 잡아끌었다. 나는 박구슬에게 도움의 눈빛을 보냈다. 구슬 할머니의 당부를 같이 들었으면서 모른 척 어깨를 으쓱할 뿐이었다. 초원은 먹거리 장터에 들러 오징어버터구이를 샀다. 집에 갈 생각이 전혀 없어 보였다. 그때 초대 가수의 공연을 시작하겠다는 안내방송이 흘러나왔다. 여기저기에 흩어져 있던 사람들이 한곳으로 물밀듯 몰려왔다. 우리도 그 사이에 끼어버렸다. 초원이 씩씩거리며 말했다.

"이거 봐. 사람들 다 구경 가잖아. 저런 가수가 목야까지 오는 게 자주 있는 일이야? 외지인도 이렇게 많은데. 목야 주민인 우리가 앞에서 봐야지. 안 그래?"

맞는 말이었다. 노래 한 곡 듣고 간다고 무슨 일이야 일어날까 싶었다. 하긴 내가 언제부터 구슬 할머니 말을 곧이 곧대로 따랐다고. 군중 속에 섞여 갈팡질팡하고 있는데 초원이 누굴 보며 손을 흔들었다. 초원의 제자였다. 그 애는 초원을 보고도 그냥 쌩하니 지나갔다. 초원은 아랑곳하지 않고 오징어를 오물오물 씹었다.

"네 제자는 여전히 싸가지가 없구나."

초원의 제자는 잰걸음으로 빠르게 행사장을 벗어나고 있었다. 눈은 슬퍼 보이는데 입은 웃고 있었다. 대체 무슨 짓을 저지르고 돌아다니는 거야. 그 애는 도움이 절실히 필요해 보였다. 스스로 암흑의 구렁텅이에 떨어진 것 같았다. 누구라도 잡아주지 않으면 영원히 벗어날 수 없을 것이다.

"강령술을 알려달라며 찾아올 땐 더없이 사근사근하더니. 역시. 인간은 믿을 만한 존재가 못 돼."

"그럼 누굴 믿어?"

"믿을 만한 존재를 믿어야지. 힘과 능력이 있는 그런 존재 말이야."

"그게 누군데?"

"아, 마침 저기 계신다!"

초원의 눈동자가 무대 위의 조명처럼 반짝거렸다. 평소보다 더 맑고 순수한 눈빛이었다. 초원이 한 남자에게 손을 흔들었다. 다리를 가만히 두지 못하고 제자리에서 폴짝폴짝 뛰기까지 했다.

"저 남자?"

"응!"

박구슬이 고개를 갸웃거렸다. 저런 사람은 처음 봤다. 지금껏 빙의되어 돌아다니는 사람은 많이 봤지만 저 사람은 어딘가 좀 달랐다. 사람인지 귀신인지 구분이 가지 않았다.

"저 남자가 누군데?"

"내 스승님."

"스승?"

"강령술을 가르쳐준 스승님."

남자가 초원을 보고는 환하게 웃었다. 그는 인파를 헤치고 우리에게 다가왔다. 박구슬이 내 옆에 바짝 붙어섰다. 박구슬에게서 한기가 뿜어져나왔다. 그 탓에 나의 체온도 덩달아 내려갔다. 남자가 우리를 쳐다봤다. 초원과 함께 있는 나와 박구슬을. 역시 남자의 눈에는 보일 줄 알았다. 남자에게 들러붙은 귀신은 없었다.

"윽."

그 순간 강렬한 악취가 밀려왔다. 속이 매슥거렸다. 악한 귀신들이 풍기는 냄새였다. 가끔 초원에게서 나기도 하던 그 냄새. 코를 움켜쥐었다. 박구슬이 뒷걸음쳤다. 사람이 너무 많았다. 도망치고 싶었지만 몰려드는 사람들 때문에 움직이기가 어려웠다.

"초원이가 여기 있었구나. 친구들이랑 구경 나왔니?"

친구들. 남자가 너무나 당연하다는 듯이 친구들이라고 말했다.

"네. 얘가 이강이에요. 제 유일한 친구요."

"반갑다. 난 초원이 삼촌이야. 목야에는 자주 왔었는데 이제야 만나게 되는구나."

남자의 시커먼 눈동자가 내 얼굴에 한참 머물렀다. 섬뜩한 안광에 혼을 다 빼앗길 것 같았다. 남자의 눈동자가 닿은 부분이 사라지는 기분이었다. 박구슬이 한발 앞으로 나섰다. 나는 반쯤 가려졌다. 지켜주려는 건가. 자기도 한이 못지않게 겁쟁이면서. 남자의 눈동자가 박구슬에게로 옮겨갔다. 남자의 얼굴에서 미소가 사라졌다. 찰나였다. 남자의 입에서 뱀처럼 끝이 두 갈래로 갈라진 얇고 긴 혓바닥이 나왔다 들어갔다. 꼭 입맛을 다시는 것 같았다. 초원은 전혀 눈치채지 못했다. 역시 저 남자의 안에 뭐가 있다.

"삼촌이 이해해요. 얘가 사회성이 없어. 그러니 친구가 없죠."

내가 인사도 하지 않고 굳은 채로 가만히 서 있자 초원이 나를 매섭게 노려보았다. 몸이 얼어붙어 눈동자조차 움직이기가 어려웠다. 냄새가 고약했다. 생선 썩는 냄새보다 더 역했다. 이 남자의 정체는 뭘까. 아무것도 느낄 수 없었다. 기분이 몹시 불쾌했다. 남자가 다시 나를 쳐다보며 씩 웃었다. 또다시 남자의 혀가 날름거렸다.

"이해해. 삼촌도 사춘기 시절을 지나온걸."

초원을 바라보는 남자의 얼굴이 인자했다. 아까 우리를 보던 표정은 온데간데없었다. 저런 사람과 한 공간에 존재한다는 것만으로도 숨통이 막혔다. 정말 초원의 삼촌이 맞을까?

"우리 공연 보러 가는 길인데 삼촌도 같이 가요."

안 돼. 도망쳐야 해. 지금 당장 여기서 벗어나야 해. 나는 입도 뻥긋할 수 없었다. 목구멍이 꽉 막혀 아무 소리도 나지 않았다. 초원이 해맑게 남자의 소매를 붙잡고 흔들었다.

"미안하지만 삼촌은 볼일이 있어서 가봐야 해. 며칠 머물 것 같으니 집에 놀러오렴. 삼촌이 맛있는 거 해줄게."

초원이 엄지를 척 치켜들고 으스대며 나를 봤다. 해가 뉘엿뉘엿 넘어가고 있었다. 노을 진 하늘이 불길한 징조처럼 느껴졌다. 남자가 흩뿌리고 간 악취가 습도 높은 공기에 깊게 배었다. 초원의 삼촌이라는 남자는 곧 인파에 쓸려 사라졌다. 박구슬이 내 머리에 차가운 입김을 불어댔다. 정신 차리라고 경고하는 것 같았다. 머리가 조금씩 맑아졌다. 그제야 눈앞에서 손바닥을 흔들고 있는 초원이 보였다.

"너 괜찮아?"

나는 바들바들 떨고 있었다. 초원이 나를 꼭 끌어안았다. 또 냄새가 났다. 썩은 영혼의 냄새가. 사악한 눈빛이 뇌리에 박혀 잊히지 않았다. 이 자리에 있는 사람들을 다 해산시키고 싶을 정도였다. 그 남자가 무슨 일을 벌이기 전에.

"집에 가야겠어."

"어디 아파?"

"어. 갑자기 몸이 안 좋아졌어."

"그래. 그러자. 어쩔 수 없지."

초원이 마지못해 고개를 끄덕였다. 앞장선 박구슬이 걸음을 재촉하며 자꾸 뒤를 돌아보았다. 나도 빨리 걷고 싶은데 몸이 말을 듣질 않았다. 초원의 손을 붙들고 걸음을 옮기는 것도 버거울 지경이었다. 구슬 할머니에게 말하는 게 좋을까. 이상한 게 목야에 들어왔다고. 하지만 구슬 할머니는 영안이 닫혔다. 그 남자에게서 아무것도 느끼지 못할지도 모른다.

집으로 가는 길이 유달리 멀게 느껴졌다. 정신 차려, 이강. 박구슬의 목소리가 들렸다. 홀리면 안 돼. 앞만 보고 걸어. 박구슬의 목소리는 강인했다. 내가 지켜줘야 할 나약한 귀신인 줄 알았는데 제법 의지가 되었다. 그래서 구슬 할머니가 삼십 년을 곁에 두고 지냈구나. 박구슬이 계속해서 차가운 입김을 불어댔다.

"네 삼촌은 뭐 하시는 분이야?"

박구슬 덕분에 간신히 정신을 차렸다. 그러자 용기가 샘솟았다. 상대를 알아야 대비할 수 있다. 마침 상대에 대해 잘 알고 있는 초원이 바로 옆에 있었다.

"장사하셔. 낚시용품점."

"어디서?"

"섬 밖에서. 근데 목야에도 자주 오셔. 배를 한 척 가지고 계시거든. 고기가 잘 잡히는 포인트에 낚시꾼들을 내려주고 다시 데리고 돌아오는 일도 하셔. 목야에 낚시 명당이 많다며."

"그렇구나. 오늘은 어디서 주무셔?"

"당연히 우리집이지. 우리집, 실은 삼촌 거야. 아빠가 빚내서 열었던 카페가 쫄딱 망해서 빚더미에 앉았었거든. 갈데가 없어져서 목야까지 온 거야. 삼촌이 목야에 있는 집을 우리한테 빌려주겠다고 해서. 민박집이나 열어볼까 하고 사놓으신 거래. 그런데 낚시용품점 일만 해도 바빠서 못하고 계셨나봐."

"아까 하던 얘기 더 물어봐도 돼? 인간은 믿을만한 존재가 아니라고 했으면서 네 삼촌은 믿는다고 했잖아. 그게 대체 무슨 말이야?"

초원이 갑자기 걸음을 멈추고 입을 다물었다. 그러고는 나를 쓱 쳐다봤다.

"비밀인데 너는 내 유일한 친구니까 얘기해주는 거다. 어디 가서 절대 얘기하면 안 돼."

나는 고개를 끄덕였다. 앞서 걷던 박구슬도 다가와 초원의 목소리에 귀를 기울였다.

"우리 삼촌은 엄청난 부자야. 낚시용품점이 너무 잘돼서 전국에 체인점이 열 군데나 있어. 낚시꾼들이 매일매일 줄을 선대. 삼촌이 내려준 포인트에서는 물고기가 줄줄이 잡히니까. 집도 몇 채나 돼. 사는 집마다 값이 오르고 있대. 목야도 그렇잖아. 갑자기 개발이니 뭐니 땅값이 확 올랐잖아."

"그런 얘기는 왜 하는 거야?"

"삼촌이 나한테 용돈도 듬뿍 주시거든. 우리 부모님 식당도 삼촌이 차려주신 거야. 우리 식당도 문 열고 일 년도 안 돼서 맛집으로 소문났잖아."

"무슨 말이 하고 싶은 건데."

"진짜 비밀이다."

"알겠다고."

"우리 삼촌이 모시는 신이 있어."

"신?"

"나도 종종 삼촌 따라 기도하러 가. 너 교회나 절에 가본 적 있어?"

"응."

"교회 가면 헌금하고 절에 가면 시주를 드리잖아. 우리도 기도드리러 갈 때 제물을 좀 준비해야 하거든. 그분이 영가를 좋아해."

"영가라면……."

"귀신 말이야. 죽었는데 이승을 떠도는."

"뭐?"

박구슬이 깜짝 놀라 제자리에 멈춰 섰다. 그사이 해가 빠르게 넘어가고 있었다. 어두워지진 사위 아래 박구슬의 얼굴이 여느 때보다 더 창백해 보였다.

"목야에 귀신이 많다며. 일석이조지. 삼촌이 그분에게 영가를 바치면 그분이 우리 기도를 들어주시는 거지. 잘 먹고 잘살도록. 목야에 떠도는 귀신들도 청소하고. 이거 진짜 비밀이다. 너한테만 말하는 거야. 소문이 새어나가면 너도 나도 그분께 영가를 바치겠다고 몰려올 거 아니야. 그럼 안되지. 그분이 배가 불러서 우리 기도를 안 들어주시면 어떡해. 영가들 잡아다가 바치는 것도 여간 힘든 일이 아닌데."

초원의 눈이 희번덕거렸다. 초원의 삼촌이 박구슬을 보던 눈빛과 다르지 않았다.

"넌 귀신 못 보잖아."

"응."

"근데 어떻게 귀신을 바쳐?"

"삼촌이 대신해주는 거지. 그래서 난 네가 부러워. 영가들이 보인다니."

"부럽다고?"

"엄청나게 부럽지! 내 소원이라니까. 강령술을 그렇게나 많이 시도했는데 한 번도 성공한 적 없다니까. 그런 것도

118

타고나는 건가봐."

초원에게서 나던 악취는 정말 영혼이 썩는 냄새였구나. 왜 몰랐을까. 왜 의심하지 않았을까. 그것도 모르고 우리집 마당에 귀여운 꼬마가 산다고 말했다. 십일 년 전 죽은 내 동생이라고 했으니 설마 해치지 않겠지. 그나저나 박구슬은 괜찮을까? 빨리 집으로 돌아가 구슬 할머니의 부적이 있는 곳에 박구슬을 숨겨두어야겠다.

"끼야야야야야악!"

그때였다. 아주 멀리서 새된 비명이 울렸다. 어린 여자아이의 비명소리였다. 박구슬이 나보다 먼저 반응을 보였다.

"무슨 소리지?"

초원이 고개를 들었다. 귀를 쫑긋 세우고 소리에 집중했지만 더는 들리지 않았다. 비명은 한 번뿐이었다. 박구슬이 흘긋흘긋 어딘가를 자꾸 쳐다보았다. 그 방향으로 몸을 돌렸다. 갯바위였다.

"비명소리 못 들었어?"

먼바다를 내다보던 초원이 피식 웃음을 터트렸다.

"삼촌인가?"

"뭐?"

"아까 볼일 보러 가신댔잖아. 아마 기도드리러 가셨을걸. 공연을 못 볼 줄 알았으면 삼촌이나 따라갈걸 후회하고 있었는데 때마침 그 앞이네? 잘됐다! 우린 진짜 영혼의 단짝

인가봐. 언젠가 그분에게 너를 꼭 소개하고 싶었거든. 우리가 더 깊은 걸 공유할 수 있는 사이가 됐다니. 더 많은 걸 함께할 수 있게 되는 거잖아. 너에게 아무것도 숨길 필요가 없게 되는 거잖아. 행복해! 널 데리고 가도 삼촌이 뭐라 하진 않으실 거야. 네 얘길 할 때마다 너에 대해 많이 궁금해하셨거든."

무슨 소리를 하는 건지 모르겠다. 귀신의 비명소리였다고? 어느새 초원이 내 손을 잡고 갯바위를 향해 걸어갔다. 초원과 친구로 지낸 지도 이 년쯤 되었다. 그간 매일 붙어있다시피 해서 서로에 대해 모르는 게 하나도 없다고 생각했는데. 지금의 초원은 너무 낯설었다. 우리가 알고 지낸 시간이 전부 가짜 같았다. 따라가지 마. 박구슬이 다급하게 쫓아와 내 앞을 가로막았다. 걸음을 멈출 수가 없었다. 멈춰, 멈추라고. 박구슬이 울 것 같은 얼굴을 하고 다시 내 앞에 섰다. 내 몸이 박구슬을 통과해 갔다. 안 돼, 그러지 마! 박구슬이 절규했다. 하늘이 순식간에 어두워졌다. 바다가 시커멓게 일렁였다. 주위가 평소보다 밝았다. 축제의 불빛이 밤새 꺼지지 않을 것 같았다.

내 왼손은 초원에게 붙잡혀 있었다. 박구슬의 흐느낌이 처연하게 들렸다. 구슬 할머니가 박구슬을 지켜달라고 했는데 약속을 지킬 수 없을 것 같다는 예감이 들었다. 오른손으로 휴대폰을 꺼내 구슬 할머니에게 전화를 걸었다. 신호가 가도 전화를 받지 않아서 애가 탔다. 한참이 지나서야 시큰둥하게 전화를 받는 구슬 할머니의 목소리를 들을 수 있었다. 나는 약속을 지킬 수 없을 것 같다고 울면서 말했다. 구슬 할머니가 어디냐고 물었고 갯바위라고 대답했다. 초원은 내가 통화하는 걸 다 듣고서도 손을 놓아주지 않았다. 오히려 더 빨리 갯바위를 따라 올라갈 뿐이었다.

따라오지 마. 박구슬, 나 따라오지 말라고. 박구슬은 저 승길로 끌려가는 망자처럼 터벅터벅 내 뒤를 따랐다. 오지 마. 오지 말라고. 박구슬이 고개를 저었다. 그럴 수 없어. 우린 친구잖아. 그랬나. 우리가 친구였나. 맞다, 친구였다. 나에겐 초원 말고도 친구가 더 있었다. 구슬 할머니와 박구슬. 내 가장 오래된 친구. 나의 모든 걸 다 아는 친구. 숨기는 게 없는 친구.

"끼악!"

비명소리가 아주 가까운 곳에서 다시 들렸다. 초원이 손을 너무 세게 잡아당겨 몇번이나 넘어질 뻔했다. 간신히 중심을 잡았다. 그러지 않아도 갯바위에 오를 참이었다. 귓가에 맴도는 비명을 모른 척할 수 없었다. 끔찍한 일이 벌어지고 있는 것 같았다. 내 동생 한이도 비명을 질렀을 것이다. 너무 무서워서 비명밖에 지르지 못했을 것이다. 너무 아파서 비명을 지르지 않고는 버틸 수 없었을 것이다. 외면할 수 없었다. 박구슬이 묵묵히 내 뒤를 따르는 것도 그 때문일 것이다.

자꾸 한이 생각이 났다. 그 밤에 혼자 얼마나 무서웠을까. 얼마나 아팠을까. 한이가 네 살, 내가 일곱 살 때의 일이다. 크리스마스 이브였다. 한이와 나는 산타를 기다렸다. 산타는 우리가 잠들어야 온다고 엄마가 말했지만 산타를 꼭 만나고 싶었던 우리는 이불을 뒤집어쓰고 잠든 척을 했다. 엄마, 아빠는 안방에서 자고 있었다. 밤이 깊어도 산타는 오지 않았다. 나는 현관문과 대문을 열어놓았다. 문이 잠겨 있어 산타가 못 들어올까봐 걱정이 되었다. 엄청 추운 날이었다. 우리는 둘 다 내복 차림으로 함께 누워 있었다. 내가 먼저 잠이 들었다. 한이는 계속 기다렸나보다. 아무리 기다려도 산타가 오지 않자 혼자 집밖으로 나섰나보다. 겁쟁이가. 우리집 최고 겁쟁이가. 산타가 온다고 하니 하나도 무섭지 않았나보다. 루돌프가 끄는 썰매를 타고 하늘을 누비는 산타가 자신을 지켜줄 거라 믿었나보다. 아침에 눈을 떴을 때 한이는 대문 앞에서 죽어 있었다. 차에 치인 것 같다고 경찰은 말했다. 겨울비가 세차게 쏟아졌다. 핏물이 다 씻겨 내려갈 정도로 거센 비였다. 산타는 이미 집에다 선물을 두고 간 후였다. 거실의 작은 트리 아래에 빨간 포장지에 예쁜 리본을 단 선물 꾸러미가 두 개 놓여 있었다.

풍덩.

바다에 무언가 빠지는 소리가 들렸다. 나는 초원의 손을 뿌리치고 갯바위 위로 냅다 달렸다. 다리에 힘이 풀려 자꾸 미끄러졌다. 무릎이 다 까졌지만 벌떡 일어나 달렸다. 한이를 죽인 건 나일지도 모른다. 한이는 잠긴 문을 열 줄 몰랐으니까. 내가 문을 열어놓지 않았더라면, 산타를 기다리자고 말하지 않았더라면 한이는 지금껏 내복 차림으로 마당을 떠돌지 않아도 되었을지 모른다. 내가 한이를 죽였다. 내 동생을 죽인 사람은 나다.

갯바위에 올라갔다. 시커먼 바위 위에 남자가 서 있었다. 초원의 삼촌이었다. 뒤따라오던 초원이 삼촌을 불렀다. 아무 의심도 없는 목소리였다. 바위 밑 바다를 내려다보았다. 너무 컴컴해서 아무것도 보이지 않았다. 파도가 바위를 때리는 소리만 철썩철썩 들릴 뿐이었다.

"초원이가 친구들을 데리고 왔구나."

초원이 뿌듯한 얼굴로 고개를 끄덕였다.

"기도 드리고 계셨어요? 제 소원이 강이랑 같은 대학에 가는 거거든요. 그래서 강이도 데리고 왔어요."

"잘 왔어. 우리도 막 축제를 연 참이었거든. 목야에 축제가 열린다는데 목야의 진짜 주인인 이분들도 축제에 초대되어야 마땅하잖아?"

때마침 불꽃놀이가 시작되었다. 머리 위에서 불꽃이 펑펑 터지며 별처럼 하늘을 수놓았다. 바다가 번쩍하고 밝아졌다. 악 소리를 내지 않을 수 없었다. 수백 개의 머리가 바다 위에 둥둥 떠 있었다. 머리들이 입을 쩍 벌리고 알 수 없는 소리로 웅얼거렸다. 또다시 더 화려한 불꽃이 펑펑 하늘을 밝혔다. 어디 있지? 어디에 있니? 바다를 유심히 살폈다. 머리들이 한쪽으로 몰려들고 있었다. 저기다! 수백 개의 머리 사이로 허우적대고 있는 작은 아이가 보였다.

"건들지 말거라! 저 아이는 그분의 것이다! 너희들 것은 따로 준비되어 있으니 기다려라!"

머리들이 혀를 날름거리며 입맛을 다시자 초원의 삼촌이 소리쳤다. 그때 바닷속에서 무언가 떠올랐다. 젖은 머리로 얼굴을 푹 덮은 갯바위의 수사귀가 뱀처럼 서서히 아이에게 다가왔다. 수백 개의 머리가 길을 틔워주었다. 수사귀가 길게 늘어뜨린 목으로 아이를 휘감았다.

"어떡해? 어떻게 하느냐고! 애가 빠졌어. 애가 빠졌다고!"

뒤따라온 초원을 붙잡고 애걸복걸했다. 초원이 눈을 비비며 바다를 내려다보았다.

"삼촌, 이게 어떻게 된 일이죠? 영가를 보게 해달라는 제 기도가 이뤄진 건가요?"

초원의 삼촌이 풋 터지는 웃음을 삼키려 입술을 꽉 깨물고 고개를 끄덕였다.

"야, 정신 차려. 정신 차리라고! 영가가 아니라 진짜 사람이라고! 어린애란 말이야!"

그사이 수사귀가 아이를 휘감고 바다 아래로 쑥 내려갔

다. 아이의 모습이 보이질 않았다. 수백 개의 머리가 초원의 삼촌을 향해 입을 쩍쩍 벌렸다. 나도 내가 왜 그랬는지 모르겠다. 더 기다릴 수가 없었다. 구슬 할머니가 어른들을 데려 오고 있을지도 모르는데. 그때까지 기다리기에는 너무 늦지 않을까. 나도 모르게 바다로 뛰어들었다. 박구슬이 내 뒤를 따라 풍덩 바다에 빠졌다.

"이게 웬 횡재야. 영가 하나에 사람 하나, 더 들어갑니다. 많이 드십시오!"

초원의 삼촌이 바위 위에서 소리쳤다. 초원이 도망치면 좋겠다. 네가 잘못 알고 있다고, 네 삼촌이 모시고 있는 건 수사귀 중에서 제일 악한 놈이라고, 그놈이 무수한 생명을 해치고 얻은 힘으로 네 삼촌의 기도를 들어주고 있는 거라고, 네 삼촌은 수사귀에게 놀아나고 있는 거라고 말해주어야 하는데. 시간이 넉넉했다면 다 말해주었을 텐데. 네 몸에서 악취가 풍긴다고. 영혼이 썩는 냄새가 난다고. 네 삼촌은 이미 사람이 아닌 것 같다고.

나는 수영을 할 줄 모른다. 배워본 적도 없다. 물귀신들과 마주치고 싶지 않아서 물가를 싫어했다. 이제 와서 후회가 된다. 진작 배워둘걸. 수영도 못하는 내가 알지도 못하는 아이를 구하겠다고 바다에 뛰어들었다. 아무 도움도 되지 못할까봐 걱정이 되었다. 개헤엄을 치며 사방으로 손을 뻗었다. 제발 잡혀라. 내 손에 잡혀라. 아이가 의식을 잃기 전에 내 손을 붙잡길 간절히 바랐다. 몸이 자꾸 가라앉으려 했다. 온몸으로 헤엄쳐도 말을 듣지 않았다. 바닷물을 삼키고 또 삼켰다. 바닷물이 콧구멍으로도 넘어갔다.

그때 내 몸이 붕 떠올랐다. 박구슬이 내 몸을 아래에서 받쳐주고 있었다. 괜찮아? 박구슬은 괜찮지 않다고 답했다. 자기도 수영 같은 거 할 줄 모른다고 했다. 그래도 어떡하겠느냐고 되물었다. 맞아. 어쩔 수 없지. 오늘을 마지막으로 절대 물에 들어갈 일은 만들지 말자고 약속했다. 다음부터는 모른 척하자고 했다. 우리끼리 잘 먹고 잘 살자고 했다. 아니, 살아서 나가면 같이 수영을 배우자고 했다. 박구슬이 알겠다고 대답했다. 그제야 아이가 저만치 끌려가는 게 눈에 들어왔다. 팔로 물을 휘저으며 앞으로 나아갔다. 아래에서 박구슬이 밀어주니 속도가 났다. 손을 뻗었다. 박구슬이 아래에서 더 힘차게 밀어주었다. 내 손이 아이의 몸에 닿으려는 찰나 우리는 수사귀에게 휘감겼다. 수사귀가 목을 더 길게 늘여 밧줄로 감듯 우리를 돌돌 말았다. 아이의 얼굴이 시퍼렇게 변했다.

"정신 차려!"

아무리 소리쳐도 눈을 뜨지 않았다. 아이는 몸을 바들바들 떨었다. 안아줄 수 있다면 좋을 텐데. 꽉 안아줄 수 있다면 좋을 텐데. 내 체온을 너에게 다 줄 수 있다면 좋을 텐데. 빌었다. 그냥 빌었다. 아이를 구해달라고. 아이가 부모의 품으로 돌아갈 수 있게 해달라고. 이렇게 차가운 물속에서 혼자 죽지 않게 해달라고. 고통 속에서 죽지 않게 해달라고. 할 수 있는 게 기도뿐이라니. 겨우 기도뿐이라니. 눈물이 흘렀다. 눈앞이 뿌예졌다. 바닷물을 눈물로 착각한 걸까. 내 정신도 아득히 멀어져갔다. 물속에서 더듬더듬 아이의 손을 찾아냈다. 우리는 서로의 손을 꽉 붙잡았다. 그렇게 우리 셋은 바다 아래로 조금씩 가라앉았다.

*

눈을 뜨니 병원이었다. 엄마의 얼굴이 제일 먼저 보였다. 아빠는 옆 침대에서 나처럼 수액을 꽂고 누워 있었다. 너무 울어 실신했단다. 나약한 아빠다. 바다에 빠져 죽은 줄 알았는데 살아서 나왔다. 병원에서는 저체온증이라고 했다. 며칠 입원하면 괜찮을 거랬다. 그 외에 별다른 이상은 없었다. 아이에 대해 물었다. 나는 육 일을 아이는 삼 일 동안 깨어나지 못했다고 했다. 아이는 이제 괜찮단다. 우리 동네에 사는 꼬마라고 했다. 그 아이의 아버지도 일 년 전 그 자리에서 낚시를 하다 죽었단다. 갯바위 아래 둥둥 떠다니던 머리들이 떠올랐다. 거기에 그 아이의 아버지도 있었을까. 좋은 길로 떠난 거였으면 좋겠는데.

나는 병실의 천장을 쳐다보며 박구슬이 바닷속에서 마

지막으로 외친 말을 생각했다. 구슬 할머니가 우리를 구하러 왔다고 했다. 박구슬은 어떻게 되었을까. 괜찮을까. 박구슬에 대해선 엄마에게 물을 수 없었다. 구슬 할머니의 비즈니스 파트너와 함께 돌아다녔다는 걸 알게 된다면 엄마는 아빠처럼 기절할지도 모른다. 천장에 얼룩덜룩한 자국이 많았다. 눈물 한 줄기가 눈가로 흘러내렸다. 안약은 시렸는데 눈물은 따뜻했다. 엄마가 눈물을 닦아주었다. 엄마의 눈에서도 눈물이 흘렀다.

"이제 울 줄 알게 됐네."

"생각났어. 우는 법."

"우니까 좋지?"

"편해. 눈도 안 시리고."

엄마가 아빠의 옆구리를 쿡쿡 찔렀다. 아빠가 화들짝 놀라며 몸을 일으켰다. '아빠 안녕' 하고 손을 흔들었더니 눈을 끔뻑이던 아빠가 아이처럼 앙 울음을 터트렸다. 닭똥 같은 눈물이 툭툭 떨어져 바닥을 적셨다. 아빠의 우는 얼굴은 한이와 꼭 닮았다. 엄마가 웃었다. 그래서 나도 따라 웃었다. 웃는데도 눈물이 흘렀다. 웃는데도 눈물은 흐를 수 있었다.

나는 삼 일을 더 병원에 있어야 했다. 병원 밥이 맛있었고, 잘 먹고, 잘 잤다. 집으로 빨리 돌아가고 싶어서 의사 선생님이 하라는 건 빼먹지 않고 다 했다. 주사도 잘 맞고 약도 잘 챙겨 먹었다. 홀로 집에 남은 한이가 걱정되었다. 잘 있을까. 우리집 최고 겁쟁이. 내 동생 한이. 퇴원하는 날 엄마는 나보다 먼저 집으로 돌아갔다. 방을 치우고 그간 쌓인 먼지를 털고 밥을 지어야 한다고 했다. 먼저 가서 한이가 잘 있나 봐달라는 말은 할 수 없었다. 한이는 오롯이 나 혼자 책임져야 했다. 나만이 한이를 볼 수 있으니까. 퇴원 수속을 마치고 아빠와 택시를 탔다. 집 앞까지 가는 동안 아빠는 한마디도 하지 않았다. 내가 멋대로 행동해서 화가 났구나. 아빠는 나보다 더 몸이 약해져 있었다. 의사 선생님이 아빠더러 평소에 끼니를 잘 챙기라고 했다. 한이만 보느라 아빠가 말라가는지 몰랐다. 아빠의 눈에 한이가 보이지 않아 얼마나 다행인지 모른다. 한이를 나 혼자 봐서 정말 다행이었다.

아빠가 택시비를 계산하는 사이 먼저 택시에서 내려 대문을 열었다. 한이는 내가 만들어놓은 텐트 안에서 혼자 놀고 있었다. 택시가 떠나고 아빠가 내 옆에 섰다. 한이를 보니 안심이 되었다. 어디 멀리 도망가지 않았나 걱정이 되었나보다. 한이가 좋은 곳으로 가기를 바라면서도 길을 잃을까봐, 혼자서 애먼 곳을 떠돌까봐 무서웠다. 내가 챙기고 싶었다. 어디를 가야 한다면 내가 데리고 가고 싶었다. 그런데도 무슨 생각으로 바다에 뛰어들었는지 모르겠다. 한이를 두고 죽을 뻔했다. 한이를 두고. 집에 한이가 있는데. 또 눈물이 흘렀다. 나 때문에 자꾸 엄마, 아빠가 가슴 아플 일이 생겼다.

"아이를 구하려고 바다로 뛰어든 거지?"

아빠가 물었다. 나는 고개를 끄덕였다.

"왜 그랬어. 어른들을 부르고 기다렸어야지."

"한이 생각이 나서."

"강아, 너 때문이 아니야."

아빠가 내가 만들어놓은 텐트를 가만히 쳐다보며 말했다. 한이가 저 안에 있다. 십일 년째다. 한이는 아무하고도 말하지 않고 아무하고도 놀지 않는다. 매일 혼자서 내복 차림으로 좁은 마당을 돌아다닌다.

"나 때문이야. 나 때문에 한이가 죽었어."

"아니야. 너 때문도 아니고 엄마 때문도 아니고 아빠 때문도 아니야. 그냥 그런 일이 생긴 거야. 그러니까 이제 그만 용서해. 너를 용서해줘. 부탁해."

"그럼 아빠도 자기 자신을 나쁜 아빠라고 생각하지 마. 좋은 아빠야. 나약하긴 하지만."

"알았어."

"범인이 자백하길 기다리지도 마. 결코 그런 일은 일어나지 않아."

"응. 알았어."

아빠가 또 운다. 소매로 눈물을 훔친다. 눈이 따뜻하다. 눈물을 흘릴수록 세상이 따뜻해진다. 한이가 우리를 쳐다본다. 우리의 울음소리를 듣고 있다. 한이는 울지 않는다. 그저 가만히 우리를 바라보기만 할 뿐이다.

초원은 다시 전학을 갔다. 온 가족이 급하게 도망치듯 목야를 떠났단다. 초원의 삼촌은 현장에서 붙잡혔지만 증거가 없어 풀려났다. 아무도 그가 아이를 떠미는 걸 보지 못했다. 나 역시 스스로 뛰어들었다. 나는 매일 초원에게 전화를 걸었지만 초원은 받지 않았다. 받을 때까지 매일 걸 테다. 이렇게 친구를 잃을 순 없다. 초원의 잘못이 아니니까. 초원은 자기 삼촌이 그런 사람인 줄 몰랐을 거다. 지금도 믿지 않을지 모른다. 나는 원래 혼잣말을 잘하는 이상한 아이니까 또 이상한 짓을 했겠거니 생각하고 있을지도 모르겠다. 그런데도 초원이 내 전화를 피하니 섭섭했다. 매일 귀찮게 하던 친구가 사라지니 적적했다. 이제 목야에 내 친구는 하나도 남지 않았다. 구슬 할머니는 떠났다. 갯바위 위에서 홀로 삼 일 밤낮으로 기도만 드렸다고 한다. 그리고 아이가 깨어나던 날 피를 토하며 쓰러졌다. 구슬 할머니는 깨어나지 못했다. 내가 깨어났을 때는 이미 장례식도 끝난 후였다. 구슬 할머니는 나와의 약속을 지키지 않았다. 내가 박구슬을 지키지 못해 화가 났나보다. 그래서 한이를 데리고 가지 않았나보다. 박구슬은 사라졌다. 행방을 확인할 길이 없다. 박구슬이 수사귀에게 잡혔을 거란 불길한 예감만 자꾸 든다. 그러지 말지. 뛰어들지 말지. 귀신 주제에 물에 빠지다니. 수사귀 무서운 줄도 모르고. 그 근처에는 얼씬도 하기 싫었지만 젤리를 한 봉지 사서 갯바위로 갔다. 바닷물에 젤리 한 봉지를 탈탈 털어버렸다. 내가 젤리를 먹을 때마다 빤히 쳐다보며 무슨 맛인지 궁금해하던 박구슬의 말간 얼굴이 떠올랐다. 무사했으면 좋겠다. 잘 지냈으면 좋겠다. 구슬 할머니와 함께 좋은 곳으로 갔기를 바란다.

한이는 여전히 우리집 마당에서 혼자 뛰어논다. 그래도 괜찮다. 내가 지켜주면 되니까. 보지 말아야 할 것들이 자꾸 보이지만 그것도 괜찮다. 그것들이 보이지 않게 되면 나도 한이를 볼 수 없게 되니까. 그 애를 내가 지켜주어야만 하니까. 나는 죽은 사람들을 본다. 그중에 내 동생도 있다.

이설의 목야

모처럼 쉬는 날 엄마가 일찍부터 반찬을 들고 찾아왔다. 달갑지 않은 방문에 막 시작된 하루가 망가진 기분이었다. 냉장고에는 아직 처치하지 못한 반찬이 가득했다. 아무리 질색해도 엄마는 꿋꿋이 찾아와 냉장고를 채웠다. 그럴 때마다 엄마 속을 헤집어놓고 싶은 충동이 일었다.

　"이사가려고."

　"왜."

　"집주인이 인정머리 없어서."

　엄마 때문이라고 말할 수는 없잖아. 목구멍까지 차오르는 말을 삼켰다. 혀가 쓰다. 속이 뒤틀린다.

　"그깟 걸로 유난은."

　"이 집에서 더는 못 살아."

　"어디 갈 데는 있고?"

　"목야."

"뉴스도 안 봤어? 거기 집값도 요즘 날뛰고 있다더라. 대교 타면 목야까지 십분이면 들어간대. 그래서 여객선도 다 없앨 거라던데 거기 너 살 만한 데가 남아 있겠어?"

"잘됐네. 이미 집이 있거든."

반찬통을 정리하던 엄마의 손이 느려졌다. 엄마가 고개를 들고 흘깃 내 얼굴을 쳐다봤다.

"네가 무슨 집이 있어."

"그러니까 말이야. 내 팔자에 이게 무슨 복인지. 결혼 한 번 잘했다. 그렇지?"

"목야로 간다고?"

"목야에 집이 있으니까."

조만간 말하려던 참이었다. 늦은 감이 없지는 않았다. 집을 빼겠다고 말하자마자 집주인은 새로운 세입자를 구했다. 빠른 시일 안에 이사를 가야 했다. 이사를 결정한 이유가 꼭 엄마 때문만은 아니었지만 엄마 때문이기도 했다. 지금껏 엄마에게 말하지 않은 이유는 나도 모르겠다. 그냥 말하고 싶지 않았다. 미룰 수 있을 때까지 미루고 싶었다. 마침 티브이에서 목야대교의 개통이 얼마 남지 않았다는 소식이 나오고 있고 지금이 아니면 이사를 가는 날에야 말할 수 있을 것 같았다.

"진짜야?"

"내가 언제 거짓말한 적 있어?"

"목야로 간다고?"

"응."

"안 돼."

"왜?"

"안 된다면 안 되는 줄 알아."

"웬 억지야?"

"엄마가 반대할 땐 다 이유가 있는 거야."

"그래서 그 이유가 뭐냐고. 왜 안 된다는 건데?"

"안 된다면 그냥 안 되는구나 해!"

소파에 가만히 앉아 티브이만 보던 남편이 슬그머니 일어나 화장실로 자리를 피했다. 대화를 더 이어나갔다간 남편에게 추잡한 바닥을 들킬 것 같았다. 입을 꾹 다물고 숨을 삼켰다.

"됐어. 오늘은 그냥 가. 내일 다시 얘기해."

엄마의 얼굴이 굳었다. 개의치 않았다. 늘 저런 표정이니까. 엄마는 웃지 않는 게 더 자연스러운 사람이었다. 엄마가 좀체 일어날 기미를 보이지 않아 내가 먼저 일어났다. 소파에 걸쳐놓은 외투를 들고 엄마의 손을 잡아끌었다. 엄마는 마지못해 자리를 뜨며 같은 이야기를 반복했다.

"목야는 안 돼. 절대 안 돼."

"우리 일은 우리가 결정해. 상관하지 마."

엄마와 나는 가끔 서로에게 말도 안 되는 억지를 부린다.

갈등이 해결된 적은 없다. 항상 외면하는 것으로 상황을 무마시켜왔다.

"가셨어?"

남편이 어색하게 화장실 문을 열고 나와 거실을 살펴보며 물었다. 현관 바로 옆에 붙은 화장실에서 엄마가 나가는 소리가 다 들렸을 텐데.

"응."

"반대하시는구나."

"신경 쓸 거 없어. 내가 알아서 해."

남편은 소파에 길게 누워 리모컨을 들고 채널을 이리저리 돌렸다. 정신 사나우니 티브이 좀 끄면 안 되겠느냐고 말하고 싶은 걸 참았다. 엄마와 대화를 하고 나면 한껏 예민해졌다. 남편에게 괜한 성질을 부리지 말자고 다짐하며 속을 꾹꾹 눌렀다.

목야는 엄마의 고향이었고, 나도 목야에서 태어나 다섯 살이 될 때까지 살았다. 그때의 기억은 거의 남아 있지 않지만 조각난 기억이 불쑥 떠오를 때가 있다. 이사를 가던 날의 기억도 그중 하나다. 몇 차례나 용달차로 옮긴 짐을 배에 실어야 했다. 배웅해주는 이도 없는데 어린 나는 멀어지는 목야를 향해 손을 흔들었다. 이사의 의미를 이해하지 못했던 것 같다. 섬을 등지고 선 엄마는 홀가분해 보였다.

그런 엄마의 얼굴이 보기 좋아서 웃었다.

"애 아빠는 어디에 있어요?"

이삿짐을 날라주던 아저씨의 질문에 엄마는 망설임 없이 대답했다.

"없어요. 아무데도."

그때 내가 뭘 하고 있었는지는 기억나지 않지만 아빠가 없다는 말을 오래도록 곱씹은 기억은 난다. 그후로 누군가 나에게 아빠에 대해 물을 때면 없다고 대답했다. 그러면 사람들은 일찍이 아빠를 여의였다고 멋대로 단정했다. 없는 사람은 곧 죽은 사람이었다.

이삿짐은 삼 층짜리 빌라 꼭대기 층으로 옮겨졌다. 이사가 무사히 끝나자 엄마는 약속한 금액을 현금으로 건넸다. 창문을 열고 아저씨들이 떠나는 모습을 지켜봤다. 엄마와 단둘이 남겨진 집에서 처음으로 먹은 건 짜장면이었다. 인생의 첫 짜장면은 아빠에 대한 생각을 지워줄 만큼 충분히 맛있었다.

*

남편은 가위에 자주 눌렸다. 끙끙 앓는 소리에 일어나보면 남편은 여지없이 식은땀을 흘리며 괴로워하고 있었다. 차라리 악몽을 꾸는 거라면 좋을 텐데 가위는 꿈이 아니었다. 남편은 군대에서 제대한 이후부터 가위에 눌리기 시작했다고 말했다. 그전까진 가위는커녕 악몽조차 꿔본 적 없단다. 베개에 머리만 대면 바로 곯아떨어져 꿈도 꾸지 않고 일곱 시간을 내처 잤다. 남편은 교회며 절이며 점집이며 찾아가보지 않은 곳이 없다고 했다. 그래도 쉬는 날에 점집에 한 번 더 가보지 않겠느냐고 물었지만 남편은 한사코 거절했다.

나로서는 밤마다 남편이 가위에 눌리도록 놔둘 수가 없었다. 그 옆에서 자는 나도 덩달아 힘들었으니까. 자주 깨서 남편의 상태를 확인했다. 매일 밤 남편을 찾아오는 귀신들이 잠든 나도 내려다보고 있을 것 같다는 상상을 한 뒤로는 더 싫어졌다. 결혼 이후 수면의 질이 급격히 나빠졌다. 왜 남편이 날마다 피곤해하는지 이해가 되었다. 무슨 수를 써서라도 밤마다 남편을 찾아오는 귀신들을 쫓아내주고 싶었다. 그래서 주변 소개로 한 무당에게 예약을 걸었다. 손님이 워낙 많아 몇 달은 기다려야 한다는데 운이 좋았는지 바로 다음날로 예약이 잡혔다. 점집은 목야에 있었다. 어려서 이사한 뒤로는 가본 적이 없었다. 집에서 터미널까지 다섯 정거장, 그곳에서 여객선을 타고 이십 분만 더 가면 목야에 닿을 수 있었다. 별로 멀지도 않은데 사는 동안 한번 가볼 생각조차 안 했다. 목야에는 남편 몰래 다녀올 작정이었다. 싫다는 사람 들들 볶고 싶지 않았다. 엄마 같은 아내는 되지 말자고, 남편과 결혼하며 다짐했었으니까.

*

점집을 예약한 날은 평일로 사장에게 따로 이야기기해 휴가를 얻어내야 했다. 고등학교를 졸업하자마자 일을 시작했다. 대학에 갈 생각은 없었다. 더 공부할 형편이 되지 않아서 일찌감치 포기했던 터라 졸업을 하고 바로 엄마가 일하고 있던 식당에 취직했다. 엄마는 목야에서 나온 뒤로 이 일 저 일 닥치는 대로 하다 한식뷔페를 운영하는 식당에 정착했다. 손맛이 좋아서 반찬 담당이었지만 새벽부터 나가 청소를 하고 식자재를 정리하고 반찬을 만들고 설거지에 뒷정리까지 도맡아 했다. 누가 시키지도 않았는데 그랬다. 엄마에게 식당 사장은 은인이었다. 잔반을 집에 가져가도록 허락해준 걸 두고두고 고마워했다. 음식물 쓰레기 처리 비용을 줄이려는 것뿐이었을 텐데. 나까지 식당에서 일하게 된 뒤로 엄마는 식당에 더 헌신했다. 식당에서 일하기로 한 나를 두고 사장은 대견하다고 말했다. 인생 별것 없다고, 좋은 대학 나오고도 취직 못하는 사람이 수두룩한데 시시한 대학 나와봤자 뭐 할 거냐고, 일찌감치 일을 시작해 돈 모을 결심을 한 내가 현명하다고.

나는 오 년이 넘도록 한 달에 두 번만 쉬며 온갖 일을 다

했다. 과일을 썰고 달걀을 풀고 김치를 담그고 그릇을 옮기고 테이블을 닦고 설거지를 하고 화장실을 청소했다. 하루가 빠르게 지나갔고 쉬는 날에는 죽은 듯 잠만 잤다. 규칙적인 생활로 몸은 나름대로 건강했고 돈도 꽤 모았다. 남편은 내가 일하는 식당의 단골손님이었다. 회사가 근처에 있어서 점심을 늘 식당에서 해결했다. 어쩌다보니 결혼 이야기가 오갈 만큼 가까워졌다. 만난 지 일 년도 되지 않아 결혼을 결심할 정도로 남편을 사랑했는가 묻는다면 나도 잘모르겠다. 그래도 결혼 이야기가 나왔을 때는 기뻤다. 남편을 너무 좋아해서가 아니라 엄마에게서 벗어날 수 있으니까. 엄마와 따로 살 수 있으니까. 그런 이유로 결혼을 간절히 바라면서 동시에 그런 내가 싫었다. 엄마의 고생을 익히안다. 혼자의 몸으로 자식을 키워온 세월을 바로 옆에서 지켜봐왔다. 그런 내가 엄마를 버리고 싶어 한다. 엄마에게서해방되고 싶어 한다. 끔찍했다. 엄마는 나를 버리지 않았는데 나는 엄마를 버리길 원했다. 내가 감히 그런 생각을 하고 있다는 것이 나를 괴롭게 만들었다.

사장에게 휴가를 달라고 부탁했다. 사장이 이유를 물었다. 병원에 가야 한다고 말하면 그만이었을 텐데 그날따라사장의 말투에 난데없이 화가 났다. 휴가를 달라고 하면 그냥 좀 줄 것이지 항상 이유를 물었다. 결혼을 할 때에도 결혼식을 올리지 않았다는 이유로 휴가를 주지 않아서 휴무 일에 혼인신고를 하러 가야 했다. 이번에는 꼭 휴가를 얻고 싶었다. 이틀은 쉬어야겠다고 으름장을 놓았다. 휴가 좀 쓴다고 해서 사장이 날 해고할 수는 없을 것이다. 나만큼 일할 수 있는 사람을 다시 구하기는 어려울 테니까. 사장이 마지못해 허락하며 대신 다른 직원들에게는 내가 출근길에 교통사고를 당해 이틀간 출근하지 못하는 것으로 전달하겠다고 했다. 다들 돌아가며 휴가를 쓰겠다고 할까봐 골치가 아파서 그렇다는 부연 설명을 늘어놓았다. 알아서 하시라고 하고는 다시 일을 시작했다. 잠시라도 손을 놀리지 않으면 금세 일이 밀리기 때문이다. 일손은 턱없이 부족했다. 매 순간 전쟁터를 방불케 하는 식당은 인력교체가 잦았다. 석 달만 버텨도 독하다는 소리가 나올 정도였다. 그럼에도 불구하고 식당이 안정적으로 돌아갔던 건 선택지가 별로 없는 직원 몇 사람의 희생과 침묵 덕분이었다. 엄마는 독감에 걸렸을 때 말고는 쉬어본 적이 없었다. 식당은 연중무휴였고 엄마도 마찬가지였다. 왜 그렇게 살았을까. 우리는 왜 그렇게 살아야만 하는 걸까.

어릴 적 나는 놀이터가 아닌 식당에서 놀았다. 식당에서는 뛰어다녀서도 안 되고 큰소리로 말을 해서도 안 되었다. 카운터 옆에 자리한 어항을 보고 있거나 엄마가 시키는 잔심부름을 하거나 재료를 손질하고 남은 채소들로 소꿉놀이를 하며 혼자 놀았다. 같이 놀아줄 사람은 없었다. 사장은 나를 학원에 보내거나 다른 집에 맡기고 오라고 말하며 엄마에게 수시로 눈치를 주었다. 열 살이 넘어서부터는 학교를 마치고 나면 집에서 혼자 시간을 보냈다. 엄마가 식당에서 가져온 잔반이 넘쳐났기에 굶을 일은 없었다. 가스레인지는 쓰면 안 되고 콘센트는 건드리지도 말아야 하고 누가 찾아와도 문을 열어주어서는 안 되었다. 엄마는 나를 믿는다고 했다. 그리고 온종일 집을 비웠다. 나 혼자 집을 지키게 했다. 티브이를 보다가 책을 읽다가 숙제를 하고 일기를 썼다. 내가 잠들기 전에 엄마가 집에 들어오는 날이 드물었다. 소파에 가만히 누워 어른이 된 멋진 내 모습을 상상하며 놀았다. 같이 놀아줄 또래도, 말을 걸어주는 어른도 없었으니까.

어느 날 집에 누가 찾아왔다. 어른 여섯 명이었다. 엄마를 만나러 목야에서 왔다는 어른들은 내게 엄마는 어디에 갔느냐고 물었다. 일하러 갔다고 하자 일터는 어디냐고 물었다. 나는 모르겠다고 잡아뗐다. 왠지 그래야 할 것 같았다. 집을 좀 둘러보겠다고 어른들이 말했다. 나는 그러라고 했다. 그들이 원하는 게 엄마가 아니라 돈이라는 걸 느낌으로 알아차렸다. 엄마는 낡은 손가방 안에 모든 걸 다 가지고 다녔다. 집에는 목야에서부터 이고 지고 온 쓸모없는 물건들만 남아 있었다. 한 아저씨가 냉장고를 열어젖혔다. 근

처 회사의 구내식당이 공사에 들어가는 바람에 식당에 손
님이 바글바글하던 시기라 잔반이 하나도 남지 않았다. 당
연히 우리집 냉장고도 텅 비어 있었다. 엄마는 컵라면을 두
박스 사다가 베란다에 쌓아놓았다. 그마저도 얼마 남아 있
지 않았다. 사람들이 나를 측은한 얼굴로 바라봤다. 한 아
줌마가 '우리 설이 잘 컸네' 하며 내 머리를 쓰다듬더니 주
머니에서 꼬깃꼬깃한 만 원짜리 한 장을 꺼내 쥐여주었다.
그 순간 나는 식당의 잔반보다 컵라면을 훨씬 좋아한다는
사실을 숨기기로 결심했다. 매일 먹으라고 하면 더 신날 것
같다는 말도 하지 않았다.

어른들이 우리집 거실에 둘러앉아 심각하게 대화를 나
누었다. 나는 바닥에 엎드려 숙제하는 척하며 귀를 쫑긋 세
우고 어른들이 하는 말을 빠짐없이 주워 담았다. 한 아저씨
가 우리집에 도저히 돈 나올 구멍이 없어 보인다고 말했다.
그러면서 설이 엄마 월급을 다 가져가면 쟤는 뭘 먹고사느
냐고 했다. 어른들이 동시에 나를 쳐다봤다. 나는 해맑게 웃
어보였다. 그렇게 해야 할 것 같았다. 어른들의 말을 엿듣는
게 재미있기도 했고 한편으로 나를 진심으로 걱정해주는
것이 좋았다. 누군가가 다들 설이 엄마에게 얼마씩 빌려주
었느냐고 물었다. 몇십만 원부터 몇백만 원까지 다양했다.

"우리는 그 돈 없어도 살 수 있잖아요?"

엄마에게 가장 큰 액수를 빌려준 아줌마가 말했다.

"형편이 되면 언젠가 갚겠지."

또다른 아저씨가 말했다. 그 대화를 끝으로 어른들이 일어섰다. 나도 따라 일어섰다. 한 아줌마가 여기서 사는 게 좋으냐고 물었다.

"아니요."

나는 숙제처럼 대답했다. 그렇게 말해야 할 것 같았다. 몇 사람이 쯧쯧 혀를 찼다. 또 보자고 말하며 어른들이 집을 나섰다. 아무한테나 문을 열어주지 말라는 주의도 받았다. 나는 그러겠다고 하며 허리를 숙이고 공손히 인사를 했다.

엄마에게는 누가 찾아왔다는 말을 하지 않았다. 어른들이 그랬다. 그 돈 없이도 살 수 있다고. 당분간, 아마 영원히 그들은 우리를 찾아오지 않을 것이다. 혼자서 집을 지키며 컵라면으로 끼니를 때우는 아이를 괴롭게 만들 만큼 나쁜 어른들은 아니었다. 돈을 빌리고 갚지 않은 엄마가 제일 나빴다. 내가 돈을 벌면 그들의 돈부터 갚아야겠다는 생각을 했다. 그렇지만 어른이 된 나는 그 일을 까맣게 잊었다. 잊고 살았다. 엄마에게 빚이 있다는 사실을 두고두고 떠올릴 만큼 사는 게 한갓지지 않았다. 엄마가 빌린 돈을 왜 내가 갚아야 하나 싶었다. 그런 어른으로 자라고야 말았다. 그날 찾아온 어른들처럼 좋은 어른으로 자라지는 못했다.

터미널 대합실에 앉아 목야행 여객선을 기다렸다. 엄마가 들려준 보랭백에서 김치 냄새가 스멀스멀 올라왔다. 사장은 직원들에게 비밀로 하라고 했지만 엄마까지 속일 순 없었다. 엄마는 출근길에 보랭백을 들고 집에 찾아왔다. 집에서 막 나서려던 참에 엄마와 마주쳤다.

"여행 가는데 누가 반찬을 싸들고 가."

"다들 이것보다 더 싸가더라. 집 나가봐. 입에 맞는 게 하나도 없다니까."

엄마는 막무가내로 보랭백을 들려주었다. 보랭백은 한쪽 어깨가 축 처질 만큼 무거웠다. 전부 식당에서 가져온 잔반일 것이다. 지긋지긋했지만 실랑이하고 싶지 않아 순순히 받아들었다. 엄마는 어디로 가는지 알려달라고 했고 서울이라고 답했다. 왜 거짓말을 했는지 모르겠다. 엄마와 버스 정류장에서 헤어졌다. 엄마는 먼저 버스를 타며 잘 갔다 오라는 인사를 건넸다. 잘 갔다 와. 그 말에 대뜸 신경질이 났다. 잘 가라고 말해주면 좋겠다. 이런 반찬 좀 가져다주지 않으면 좋겠다. 내가 잘 사는지 못 사는지 신경 좀 쓰지 말았으면 좋겠다. 나는 엄마를 버릴 수 없으니까 엄마가 나를 좀 버리라고 소리치고 싶었다. 잘 갔다 오라니. 결혼까지 했는데 왜 자꾸 오라는 거야. 오롯이 혼자이고 싶었다. 그러나 내 인생에 혼자가 되는 순간은 존재하지 않을 것이다. 엄마는 나를 떠나지 않을 테고 나는 남편을 떠나지 않을 테니까.

어서 빨리 목야로 떠나고 싶었다. 엄마가 없는 곳에서 숨 쉬고 싶었다. 목야에 있는 점집을 예약한 건 꼭 남편 때문만은 아닐지도 모르겠다. 사람들이 승선을 기다리며 대합실 곳곳에 흩어져 있었다. 중년을 넘어선 어른들이 대부분이었다. 승선을 알리는 안내방송이 흘러나왔다. 사람들을 따라 선박 입구에 줄을 섰다. 일상인 듯 익숙하게 승차권을 제시하고 배에 오르는 사람들의 얼굴을 유심히 살폈다. 혹여 아는 얼굴이라도 있을까. 이십 분 후면 목야에 도착한다고 했다. 정말로 여행이라도 떠나는 듯한 기분이 들었다.

스물 다섯에 결혼을 결심한 나에게 사람들은 후회할 거라고 말했다. 모은 돈으로 공부해서 대학에 가라는 사람도 있었고 공무원 시험을 준비하라는 사람도 있었다. 외국으로 긴 여행을 다녀오라는 사람도 있었고 평생 먹고살 기술을 배워보란 사람도 있었다. 결혼은 천천히 해도 상관없다는 것이다. 나중에 애 다 키워놔도 젊을 텐데 그때 뭐 할 거냐고, 살다가 틀어지면 혼자 뭐 해서 먹고살 거냐고. 식당에서 일하는 나를 보고 대견하다느니, 그 나이에 그 정도 돈을 모으기가 어디 쉽냐느니, 무인도에 떨어져도 살아남을 것 같다느니 따위의 말을 아무렇지도 않게 해놓고서. 사람들의 말을 듣고 있으면 내 결혼은 당연히 실패할 것 같았다. 지금 하는 일이 하등 쓸모없어 보였다. 나의 앞날에 커다란 절망이 굴러오고 있는 것 같았다. 남편의 귀에도 나를 두고 이러쿵저러쿵하는 말들이 들릴까. 회사의 동료 직원들이 남편에게도 훈수를 두며 결혼을 만류하지 않았을까. 더 좋은 여자 찾아보라고, 회사에 참한 아가씨들 많지 않으냐고, 딸은 엄마 팔자를 닮는 거라고. 단명하고 싶지 않으면 다시 생각해보라고.

남편도 가족이 없었다. 어릴 때 외할머니의 손에서 자랐다. 어머니는 재혼을 했고 아버지는 돌아가셨다. 새 가정을 꾸려 잘 살고 있는 어머니와는 연락을 주고받지 않는다고 했다. 우리는 구청에서 혼인신고를 하고 소고기를 구워 먹는 것으로 결혼식을 대체했다. 하객이 없는 건 아니었다. 친구도 있고 동료도 있었지만 어쩐지 꺼려졌다. 화려한 예식은 우리와 어울리지 않아 보였다.

첫날밤에 남편은 나에게 결혼 생활 동안 절대 한눈팔지 않겠다는 약속을 했다. 결혼 생활은 원만했다. 남편은 이해심이 넉넉했고 나는 되도록 남편의 의견을 따랐다. 무엇보다 온종일 서로를 마주할 시간이 부족했다. 나는 남편이 깊이 잠들어 있는 새벽에 출근했고 야근이 잦은 남편은 내가 잠든 후에야 퇴근하는 날이 잦았다. 점심을 먹으러 식당에 들른 남편을 보고 식당 직원들이 짓궂은 농을 던질 때에야 비로소 우리가 진짜 부부가 됐다는 걸 실감할 수 있었다.

이제 내 가족은 엄마가 아니라 남편이었다.

혼인신고를 하러 가기로 한 날 아침, 엄마는 잘 살라고 말하며 통장을 하나 내밀었다. 내가 몇 년을 일해 모은 돈과 비슷한 액수가 들어 있었다.

"웬 돈이야?"

대답이 없었다. 엄마는 부지런히 일하면서도 돈을 모을 수가 없었다. 집주인의 권유로 월세로 살던 집을 무리해서 샀기 때문이다. 대출원금은 줄어들 기미가 없었고 대출이 자는 매해 늘어나기만 했다. 내가 돈을 벌기 전까지는 생활비가 부족한 달도 많았다. 카드값은 연체되었고 연체금을 갚기 위해 여기저기서 돈을 빌려야 했다. 나는 다달이 월세를 낸다는 심정으로 생활비를 보냈다. 버는 족족 다 엄마에게 넘길 순 없었다. 나도 살아야 했으니까. 엄마를 보며 독하게 마음을 먹고 돈을 모았다. 가끔은 엄마의 어려운 상황을 모른 척하기도 했다. 그때마다 마음 한편이 무거웠다.

"어디서 난 돈이냐고."

그런데 이렇게 큰돈을 가지고 있었다니. 돈이 입금된 날짜를 살펴보았다. 우리가 목야에서 살던 때였다. 엄마는 한숨을 연달아 내쉬었다.

"네 아빠 사망 보험금."

통장을 노려보는 엄마의 목소리가 떨렸다. 엄마가 처음으로 아빠의 죽음을 언급한 순간이었다.

"이걸 왜 이제야 꺼내는 건데."

"그럼 언제 꺼내야 했던 건데."

"이 돈으로 진작 대출금 갚았으면 나도 이렇게 안 살았을지도 몰라. 남들처럼 살 수 있었겠지. 대학도 가고 여행도 가고."

내가 대학을 포기하겠다고 말했을 때 엄마가 저 통장을 내밀었다면 어땠을까. 엄마와 사는 게 조금은 덜 답답했을까. 공부에 미련이 남은 건 아니었다. 그저 내게 선택의 기회가 없었다는 게 원통할 뿐이다. 하지 않은 것과 하지 못한 것은 완전히 다른 말이니까.

"그것도 내 잘못이야? 난 뼈빠지게 일해 널 먹여 살린 기억뿐인데."

"그러니까 이 돈이 있었으면서 왜 그 고생을 하며 살았느냐고!"

"네 아빠 목숨값이니까. 내가 네 아빠를 들들 볶았거든. 돈 벌어오라고. 이렇게 벌어다 줄지는 몰랐지만."

"아빠가…… 자살이었어?"

"사고였어."

"사고?"

"왜? 너도 내가 보험금 때문에 네 아빠를 죽인 것 같아?"

"그게 무슨 소리야?"

"목야 사람들이 뭐라고 숙덕였는 줄 알아? 내가 죽였대.

내가 보험금을 노리고 네 아빠를 죽였다는 거야. 우리 사이가 안 좋긴 했지. 너 낳은 뒤로는 하루도 싸우지 않은 날이 없었으니까. 그렇다고 내가 사람을 죽여? 어떻게 그런 말을 해? 네 아빠가 갑자기 안중에도 없던 낚시를 하겠다고 그러잖아. 도시에서 낚시용품점을 한다는 남자가 장비들을 그냥 줬다나 뭐라나. 그날도 낚싯대를 공짜로 얻었다며 서둘러 낚시를 나가더니 다음날 주검이 되어서 돌아온 거야."

아빠는 돈을 벌어올 생각 없이 밖으로만 나돌던 사람이었단다. 집에서는 겨우 잠만 자고 다시 나가기를 반복했다. 엄마에게 아빠는 차라리 없는 게 나은 사람이었다고 엄마는 토로하듯 말을 쏟아냈다. 속이 시원해 보였다. 그런데 왜 난 더 답답할까. 엄마에게도 행복했던 시절이 있었을까. 엄마의 웃는 얼굴이 잘 그려지지 않았다. 아이는 존재만으로도 부모의 기쁨이 된다는데 나도 그랬을까. 엄마를 웃게 만든 적이 있을까. 나도 누군가의 행복이던 시절이 있었을까.

"지금이라도 대출금 갚는 데 보태."

"됐어."

"뭐가 됐다는 건데!"

"못 쓰겠다고. 쓸 수 있었다면 벌써 썼겠지. 내가 네 아빠를 말려 죽인 거나 다름없으니까."

엄마는 나도 말려 죽이고 있었다. 그런데도 참고 살았다. 엄마 역시 말라 죽어가고 있었기 때문에. 그럼 평생 그

렇게 살라고, 나한테 빚이나 남기지 말라고, 앞으로는 생
활비도 안 보낼 거라고, 아프다거나, 돈 없다는 말도 하지
말라고, 엄마 혼자 다 떠안고 살라고, 난 엄마를 감당할 자
신이 없다고. 하고 싶은 말이 가득한데 한마디도 하지 못
했다. 말을 계속 삼켰더니 금방 터져나올 것 같았다. 나는
입술을 꽉 깨물었다.

"내 발목 잡을 생각 말고 빚이나 갚아."

통장은 두고 나왔다. 엄마는 쫓아 나오지 않았다. 처음부
터 내가 받지 않으리란 걸 알고 있었던 거다. 그 돈이 어쩔
수 없이 자신의 것이 되길 기다린 거다. 그렇게 생각할 수
밖에 없었다. 아빠가 죽었다는 말을 한 건 처음이었으니까.

*

예약한 점집을 찾느라 한참 헤맸다. 어릴 적 살았던 동네
인데도 전혀 기억이 나질 않았다. 동네 사람들에게 물어물
어 겨우 점집을 찾았다. 하마터면 약속한 시간보다 늦을 뻔
했다.

"아. 오늘 온다는 손님이 너였어? 어쩐지. 할머니가 아침
부터 부산을 떠시더라."

문을 열고 들어가자 무당이 바로 알은체를 해왔다. 나이
가 많지 않아 보이는 여자 무당이었다. 옆에 누가 있는 것

처럼 작은 소리로 속닥거려 등골이 오싹했다.

"절 아세요?"

"우리 할머니가 널 안다고 하시네."

"할머니요?"

"내가 모시는 분. 생전에 나하고 연이 깊었는데 죽어서도 나를 찾아오셨지. 너랑 나도 연이 꽤 깊네. 같이 황천길 갈 뻔했는데 이렇게 살아있으니 다시 만나게 되는구나. 반갑다. 너 어떻게 사나 궁금했었는데 아주 잘 컸네."

"황천길이요?"

"문 앞에 서 있으면 기운 막히니까 어서 들어와 앉아."

"네."

점집에는 처음 와봤다. 남편이 그런데 함부로 가는 거 아니라고 말렸던 이유를 알 것 같았다. 이 집에 들어온 순간부터 기가 팍 눌렸다. 물어볼 말은 많은데 무당이 먼저 입을 뗄 때까지 한마디도 꺼내지 못했다.

"이름이?"

"이설이요."

"설. 그래, 설이었어. 뭐가 궁금해서 여기까지 왔을까?"

"남편이 자꾸 가위에 눌려서요."

무당은 내 말을 듣다 말고 손에 들고 있던 오방기를 드르륵 말아 뽑았다.

"네 남편 일을 해결하기 전에 먼저 해야 할 일이 있어."

"네?"

"너 때문에 못 떠나는 영가가 하나 있어. 그 영가가 좋은 곳으로 갈 수 있게 네가 도와줘야겠는데."

"제가요? 왜요?"

"네가 그 영가의 물건을 훔쳤으니까."

"제가 뭘 훔쳤다고요? 그런 적 없는데……."

"이왕 여기까지 온 거 사람 한 명 돕는다 생각하고 좋은 일 좀 하고 가. 우리 할머니도 너랑 나 살리겠다고 기도하다 객혈을 하고 돌아가셨는데. 빚 갚는다 생각해."

"그게 무슨 말인지……."

"네가 여기까지 온 게 우연 같아? 인연이고 운명이지. 가방에 달고 다니는 인형, 그거 네 거 맞아?"

무당이 내 가방에 매달린 거북이 인형을 가리켰다. 어릴 때부터 갖고 있던 인형이었다. 이 인형이 있으면 안심이 되어 가방을 바꿀 때마다 옮겨 달았다. 나와 학교도 쭉 같이 다녔고 식당에 일하러 갈 때도 같이 다녔다.

"제 건데요."

"그거 네 거 아니야."

"제 거 맞아요. 어렸을 때부터 갖고 있었어요."

"주인이 따로 있다고 해도 계속 지니고 다닐 거야? 돌려 줄 생각이 없어?"

"누구 건데요?"

"내 친구의 제자."

"네?"

"있어. 그런 사람."

"누군지 모르겠어요. 목야에 살 때의 기억이 별로 남아 있지 않아서요."

"그땐 너무 어렸지. 우리 할머니가 죽을힘을 다해 기도해주시기도 했고. 나쁜 기억이 네 삶을 방해하지 않게 해달라고. 그래서 기억 일부가 봉인되었을 거야. 부적을 붙여놓은 저주받은 상자처럼, 네 깊은 곳에 잘 묻혀 있을 거야."

목야에서 살았을 때는 지금처럼 엄마를 끔찍해하지 않았을지도 모른다. 아빠에 대한 좋은 추억도 남아 있었을지 모른다. 무당의 말을 온전히 믿는 건 아니었지만 봉인된 기억에 엄마나 아빠에 대한 좋은 기억도 섞여 있을 것 같아 화가 났다.

"나쁜 기억이라고 방해만 되는 건 아닐지도 모르잖아요. 그 기억 중에 영원히 간직하고 싶은 추억이 있을 수도 있고요."

"그래서 지금 우리 할머니를 원망하는 거야?"

"그냥 그렇다고요. 전 행복했던 기억이 없거든요. 목야에서 살던 시절엔 행복했던 기억이 하나라도 있을지도 모르잖아요."

"원망할 대상이 필요한가보군. 그래도 우리 할머니를 원망하진 마. 할머니는 너 때문에 좋은 친구를 잃어버렸으니까. 그 친구 찾겠다고 저승에도 가지 못하고 여기에 남은 거니까."

"그럼 할머니도 저를 원망하시겠네요."

"우리 할머니는 그렇게 속이 좁으신 분이 아니란다. 기억을 되찾고 싶으냐?"

"모르겠어요."

"그냥 네 머릿속에 아주 깊이 묻어둔 것뿐이야. 기억의 주인이 원하면 다시 꺼내는 건 일도 아니야."

"무슨 봉인이 그래요?"

"잡설은 그만두고 이제 그만 그 인형을 주인에게 돌려주러 가는 게 어때?"

무당의 말을 따르지 않을 수 없었다. 이 인형의 주인이 따로 있다는 말을 믿는 건 아니었다. 그럼에도 몸이 저절로 움직였다.

무당은 나를 낯선 골목 앞으로 데려갔다. 무당의 손끝이 향한 곳에 아담한 집이 한 채 있었다. 폐가 같았다. 무당은 집 앞에서 나를 기다리고 있겠다고 했다. 서두르지 말라고, 여기서 밤을 새워도 괜찮으니 할 일을 다 마치고 나오라고, 인형을 주인에게 돌려주고 주인이 직접 이 인형을 없애버리게 만들라고 당부했다. 나는 혼자 그 집으로 향했다. 뒤돌아보니 나를 지켜봐주고 있는 무당이 보였다.

"그만 돌아보고 앞만 보고 가!"

무당이 뒤에서 소리쳤다. 내가 저지른 일은 나 혼자 해결해야 한다는 말로 들렸다. 한 걸음. 또 한 걸음. 걸음을 내디딜 때마다 하늘의 색깔이 변했다. 환했던 하늘이 어느새 붉게 물들었다. 저물녘의 목야는 참 따뜻해 보였다. 집 앞에 섰다. 낮은 담장 너머로 지저분한 마당이 보였다. 오래도록 방치된 듯 잡초가 무성했고 쓰레기가 마구잡이로 버려져 있었다.

"설아!"

그때 누군가 마당에서 튀어나와 내 이름을 불렀다.

"설이 맞지? 이설! 너 정말 그대로다. 하나도 안 변했네."

이 여자구나. 당신이 이 인형의 주인이구나. 근데 왜 내가 당신의 인형을 갖게 되었을까. 내가 정말 훔친 걸까?

"왜 그러고 서 있어. 너 설마 기억 안 나는 거야? 진짜 모르는 눈치네. 섭섭하다. 나, 지은 언니잖아. 어릴 땐 나만 졸졸 쫓아다니더니."

나한테 언니가 있었나. 언니. 언니. 자꾸 부르다보면 사라진 기억의 조각들이 툭 하고 떠오를까.

"들어와. 오랜만에 만났는데 이대로 헤어질 순 없지. 너 우리집에 오는 거 좋아했잖아."

조심히 대문 안으로 들어섰다. 언니가 내 손에 들린 짐을 받아 들고는 현관 앞으로 걸어갔다.

"아줌마가 너 되게 예뻐했는데. 기억나? 내가 엄청 부러워했잖아."

언니가 현관문을 열며 말했다. 아줌마. 단번에 잃어버린 기억 한 조각이 떠올랐다.

"아줌마!"

또랑또랑한 아이의 목소리가 귓가를 스친다. 애호박전을 잘게 잘라 숟가락에 얹어주던 손. 천천히 먹으라고 말하며 머리카락을 넘겨주던 따뜻한 손길.

"미안하지만 여기 아줌마는 없어."

없다는 말의 진짜 뜻은 무엇일까. 아줌마도 아빠처럼 죽은 걸까. 죽었다는 말을 하기 어려워서 없다고 말하는 걸까. 아줌마에 대한 기억이 떠오름과 동시에 숨어 있던 또 다른 기억들이 기어나와 몸 구석구석을 꿈틀거리며 돌아다녔다.

언니가 현관문을 잡고 서서 안으로 들어오라는 손짓을 했다. 언니의 손이 나비의 날개처럼 팔랑거렸다. 해가 저물고 있었다. 이 동네에는 가로등이 거의 없었다. 어둠이 성큼성큼 다가오는 게 보였다. 언니가 저대로 문을 닫고 들어가버리면 나 혼자 완전한 어둠 속에 잠길 것 같았다. 빨리 언니를 따라가. 어서. 하지만 발이 떨어지질 않았다.

"언니, 같이 가."

울먹이는 아이의 목소리가 귓가를 스친다.

"언니!"

매정하게 뿌리치는 손의 감촉이 느껴진다.

"언니! 나도 데리고 가!"

아이는 두려움에 떨고 있다. 혼자 남겨지기 싫어 발을 동동 구른다. 울지 말고 쫓아가야지. 울지 말고 어서 쫓아가야지!

"괜찮아?"

언니가 다가와 흐르는 내 눈물을 닦아내주었다. 왜 눈물이 흐르는 걸까. 무엇이 이렇게 마음을 아프게 할까.

"이거."

가방에서 인형을 떼어내 언니에게 내밀었다. 언니가 인형을 받았다. 인형을 만지작거리는 언니의 얼굴이 밝지만은 않았다.

"네가 들고 갔구나."

"늦게 돌려줘서 미안해요."

"괜찮아. 돌려줬으니까."

언니의 목소리는 따뜻했고 인형을 쳐다보는 눈빛은 서늘했다. 현관문이 닫히기 전 뒤를 돌아봤다. 무당이 기다리고 있겠다고 한 자리에는 아무도 없었다. 아무도 나를 기다리고 있지 않았다.

결혼한 후 남편이 혼자 살던 집에서 같이 살기로 했다. 아주 오래된 아파트였다. 회사까지 도보로 오갈 수 있는 거리라서 덥석 계약했다고 했다. 재개발 이야기가 나오는 아파트라 구석구석 고칠 곳투성이인데도 집주인은 나 몰라라 하고 월세만 꼬박꼬박 받아갔다. 남편도 딱히 불만을 제기하지 않았다. 잠만 자는 집이라 별 상관없었단다. 삼 년간 별말 없이 지냈지만 결혼을 하며 신혼집이 되었으니 손을 좀 봐야겠다 싶었나보다. 남편은 몇 차례 집주인에게 전화를 걸어 이것저것 수리를 요청했지만 집주인은 결혼 축하한단 말만 반복할 뿐 아무것도 해결해주지 않았다.

그러다가 우리집 화장실에 누수가 생겨 아랫집이 피해를 입는 일이 발생했다. 돌도 지나지 않은 아기의 방에 물이 떨어져내렸다. 남편은 집주인에게 아랫집의 누수 피해를 알렸지만 역시나 들은 체도 하지 않았다. 집주인은 곧 허물어 사라질 집에 한 푼 더 들이는 게 얼마나 큰 낭비냐는 말을 전한 뒤 남편의 전화를 차단했다. 일단 급한 대로 아랫집에 물이 새지 않도록 화장실을 손봐야 했다. 우리가 먼저 돈을 들여 고친 뒤 집주인에게 청구하겠다고 문자메시지로 통보했지만 답은 돌아오지 않았다. 수리업체에 문의해보니 집주인 말대로 한두 푼 들어가는 게 아니었다. 우리가 망설이는 사이 누수 피해는 점점 심해졌다. 아랫집에서 매일 밤 아기 우는 소리가 들려왔다. 아기가 쉽사리 잠들지 못하고 몸부림치는 게 전부 우리 탓인 것 같았다.

"씻을 수가 없어. 변기 물도 못 내리겠어. 아랫집에 너무 미안해."

샤워하러 들어갔다 도로 돌아나오는 나를 보고 남편은 큰 결심을 한 듯 고백했다.

"목야에 집이 있어."

"집이라니?"

"아버지가 물려주신 집이 한 채 있어."

"왜 말을 안 했어?"

"아버지 얘기는 하고 싶지 않아서."

"그랬구나."

"언젠가 말하려고 했어. 참 어렵더라. 아직도 아버지에 대해 말하는 게 쉽지는 않아."

"하지 않아도 괜찮아."

"아버지는 내가 군대에서 제대한 직후 교도소에서 자살하셨어."

너무 뜻밖의 이야기라 아무 말도 할 수 없었다. 남편이 한숨을 깊게 내쉬고 말을 이어나갔다.

"실망했지. 결혼하기 전에 다 얘기했어야 하는데 당신이 나랑 헤어지려고 할까봐 숨겼어. 미안해."

나는 고개를 저었다. 결혼하기 전에 들었다고 해도 남편과 결혼했을 것이다. 결혼에 갈급했기 때문이 아니라 나의 과거도 암울했기 때문에. 말없이 남편을 안아주었다. 남편이 내 품안에서 어린아이처럼 울었다. 오래도록 흐느꼈다. 그러고 나서 남편은 작정한 듯 더 깊은 이야기를 털어놓았다.

　"아버지는 사람을 죽였어. 낚시 명당을 알려준다고 사람들을 유인해서 바다에 빠뜨렸다고. 밝혀진 피해자만 열 사람이 넘어. 그보다 더 많을지도 몰라. 증거가 없어 몇 번 풀려났는데 다행히 범행 장면을 촬영해 동영상으로 남긴 목격자가 나타났어. 그제야 아버지는 껄껄 웃으며 그간의 범죄를 줄줄이 자백했대. 무기징역을 선고받았는데 수감중에 자살한 거야. 그런데 아버지가 죽은 뒤로 아버지가 죽인 사람들이 자꾸 날 찾아와. 밤마다 죽은 사람들이 자꾸 보여. 난 견뎌야만 해. 나는 아버지의 아들이니까. 아버지의 피가 흐르는 사람이니까. 그래서 가위에 눌려도 견디는 거야. 밤이 고통스러워야 맘이 편해. 몸이 아파야 마음이 진정되더라고."

　"그랬구나. 힘들었겠다. 혼자서 고생했네."

　무슨 말을 보탤 수가 없었다. 그때 남편을 편하게 만들어줄 수 있는 일이라면 뭐든 하겠다고 다짐했다. 남편이 나를 엄마에게서 벗어나게 해주었으니까.

　"이 집에서 더 살지 말까? 우리 목야로 이사 갈래?"

남편이 떨리는 목소리로 물었다.

"이사 가자. 이 집에서 더 살지 말자."

누수 문제가 생긴 후로 매일 죄책감을 느끼며 살았다. 재개발 이야기가 나온 지도 십 년이 넘었지만 아직까지 아무 진척이 없었다. 목야대교의 완공을 앞두고 목야의 땅값은 이전보다 몇 배씩 올랐단다. 구옥을 고쳐 만든 카페들도 우후죽순 생겨났다. 목야에도 재개발을 위해 주민들을 들쑤시고 다니는 사람들이 돌아다니고 있단다. 남편도 조합설립에 동의하라는 연락을 받은 적이 있다고 했다.

"그 집에서도 오래 살지 못하게 될 수도 있어. 재개발을 노리는 사람들이 돌아다닌대."

"집을 지키러 가는 거야. 호시탐탐 넘보지 못하게 하는 거지."

"우리 정말 이사가는 거야?"

남편은 눈물자국이 남은 얼굴로 희미하게 웃어보였다.

"쉬는 날에 집 보러 갈까? 우리집 말이야."

우리집. 진짜 우리집이 생긴다니 좋았다. 아랫집에 물이 샐까봐 걱정할 필요가 없는 우리집.

화장실의 누수는 우리 돈으로 수리했다. 집주인은 아랫집 가족의 고통에 관심이 없었다. 우리마저 아기의 울음소리를 외면할 순 없었다. 근래 들어 부부싸움이 잦아진 원인도 우리집 때문인 것 같았다. 그 가정의 평화를 우리가 깼을지도 모른다. 우리마저 모른 척한다면 아기는 부모의 다툼을 지속적으로 목격하게 될 수도 있다. 남편이 먼저 제안한 일이었다. 남편은 좋은 사람이었다. 타인의 불행을 거들떠보지도 않고 살아온 나와는 달랐다.

남을 돕는 일을 할 수 있는 사람은 따로 있다고 생각했다. 사랑을 많이 받고 살아온 사람들. 마음에 여유가 넘치는 사람들. 자기 자신을 잘 보살피며 살아온 사람들. 남편은 그 무엇에도 해당되지 않지만 자신보다 남을 더 챙기며 살았다. 나와 결혼한 것도 선행을 베푼 것일까. 사랑과 동정을 헷갈린 게 아닐까. 남편의 약점은 너무 선하다는 것이다. 장점은 때로 약점이 되기도 한다. 남편은 사랑이 다해도 나를 버리지 않을 것이다. 내가 남편을 버리지 않는 한 우리는 부부로서 함께 살 수 있다. 남편은 행복할까. 우리는 함께여서 행복한가. 사람들은 결혼 이후 내 얼굴에서 자주 웃음이 비친다고 말했다. 반쯤 농을 섞어 얼굴이 좋아보인다고도 했다. 나는 그 말이 진심이길 바랐다. 엄마를 닮아 굳어버린 내 얼굴이 유연해지길 간절히 바랐다.

*

언니의 집은 적막했다. 불은 꺼져 있고 바닥은 차가웠다. 언니는 분주히 돌아다니며 집안의 불을 밝혔다.

"배고프지. 잠시만 기다려."

언니가 냉장고를 열고 한참 들여다 보다 고개를 젓더니 밥솥을 열었다.

"밥도 없네. 라면 먹어도 괜찮을까?"

나는 식탁에다 엄마가 싸준 반찬을 펼쳤다. 멸치볶음, 연근조림, 감자채볶음, 무말랭이무침, 콩자반, 조미김에 참치 캔…… 엄마는 이 상황을 예견이라도 한 듯 흰쌀밥까지 한 가득 넣어놓았다.

"이야. 이게 다 뭐야?"

언니는 맨손으로 덥석덥석 반찬을 주워먹었다.

"이거 너희 엄마가 만들어주신 거 맞지? 맞아, 맞아. 아닐 리가 없어. 내가 이 반찬을 얼마나 자주 먹었는데. 너희 엄마가 우리집에 너 맡길 때면 항상 반찬도 같이 보냈잖아."

그랬던가. 기억나지 않는다. 엄마가 이 집에 나를 맡겼다니. 엄마도 그때 일을 기억할까.

"잘 먹을게."

언니가 입맛을 다시며 수저와 그릇을 들고 식탁 앞으로 와서 앉았다. 언니는 며칠 굶은 사람처럼 허겁지겁 음식을 삼켰다. 매일 식당에서 만든 음식을 먹다보니 아무리 배가 고파도 손이 잘 가지 않았다. 아침에 터미널에서 사 먹은 햄버거 하나가 끼니의 전부라 허기가 몰려오는데도 엄마가 싸준 음식은 별로 먹고 싶지 않았다.

"이 맛이 언제나 그리웠어."

그 많던 반찬들이 싹 사라졌다. 언니도 허기졌구나. 오래 굶었던 거구나. 더 싸올걸. 집에 있는 냉장고에도 반찬이 넘쳐나는데. 전부 다 가져올걸. 햄버거도 몇 개 사올걸.

"넌 어떻게 지냈어?"

"그냥저냥. 언니는요?"

"나도 그냥저냥."

"배불러요?"

"응. 잘 먹었어."

"다음에 더 맛있는 거 많이 가져올게요."

언니는 대답을 하지 않고 그냥 웃었다. 웃을 때마다 오른쪽 볼에 보조개가 예쁘게 팼다. 눈매가 날렵하고 까만 눈동자는 티 없이 맑다. 눈썹 위로 짧게 자른 앞머리가 참 잘 어울렸다. 예쁜 사람이다. 이렇게 예쁜 사람이 왜 혼자 남겨진 걸까. 아무도 없는 빈집에.

*

그날 언니와 밤새 이야기를 나누었다. 언니는 쉴 새 없이 떠들었다. 나와 나눌 이야기가 넘쳐난다고 했다. 그렇지만 이야기는 자주 끊겼다. 그때마다 언니는 다급하게 아무 말이나 끄집어내 이야기를 이어갔다. 그러다 나는 까무룩 잠이 들었다.

눈을 떴을 땐 나 혼자 거실 소파에 누워 있었다. 몸을 일으켰다. 집이 너무 고요했다. 이 집에 홀로 남겨진 것 같았다. '언니' 기억 한 조각이 떠올랐다. 언니는 늘 방문을 닫아놓았다. 집에 있어도 없는 사람 같았다. 아줌마와 거실에 앉아 있을 때면 자주 언니의 방을 돌아봤다. 언니가 거실로 나오면 좋겠다는 생각을 했다. 나는 언니가 정말 좋았다. 언니가 날 별로 좋아하지 않는다는 걸 알았지만 개의치 않았다. 내가 더 좋아하면 되니까. 그 마음만으로도 그냥 행복했다.

"언니."

언니의 방 문을 열었다. 그때는 아줌마가 있어 마음대로 방문을 열지 못했지만 지금은 아줌마가 없었다. 언니가 침대에 누워 있었다. 언니는 무척이나 지쳐보였다. 몹시 괴로워 보였다. 남편이 가위에 눌릴 때처럼 가쁘게 숨을 몰아쉬었다. 몸이 바들바들 떨리기도 했다. 자신의 양손으로 목을 조르기도 했다. 이 집을 떠나지 못해 고통스러웠구나. 나 때문에. 내가 인형을 가져가서.

동이 트고 있었다. 간밤에 언니와 나누었던 대화가 스쳐지나갔다. 언니는 집에서 혼자 맞이하는 아침을 정말 좋아한다고 했다. 커피머신을 작동시킨 후에 환기를 시키고, 머리를 묶고, 세수를 하고 양치를 한다. 식탁에 앉아 미리 내려놓은 커피에 삶은 달걀을 먹으며 창밖을 바라본다. 언니의 오래된 습관이라고 했다. 가족들이 하나둘 떠날 때도 언니는 이 집을 지켰다고 했다. 혼자 남은 집에서 매일 반복되는 하루를 보냈다고 했다. 행복했단다. 그런데 왜 죽었을까. 왜 행복을 더 누리지 못하고 떠나버렸을까.

창으로 햇빛이 스며들었다. 따뜻했다. 나는 언니의 아침을 대신 살아주기로 했다. 커피머신을 작동시키고 창문을 열어 환기를 시킨다. 머리를 질끈 묶고 간단히 양치와 세수를 한다. 유리컵에 커피를 옮겨 담아 식탁 앞에 앉았다. 오래된 원두로 내린 커피에서 기름 찌든 냄새가 났다. 냉장고가 텅 비어 있어 달걀은 먹지 못했다. 창밖으로 낮은 담장을 바라보았다. 맑게 갠 하늘이 깨끗했다. 속이 쓰렸다. 자리에서 일어나 다 마시지 못한 커피를 개수대에 부어버렸다. 그러고는 걸레를 적셔와 바닥을 닦았다. 소복이 쌓인 먼지가 물기에 쓸려나갔다. 간밤에 어질러놓은 식탁도 정리했다. 반찬통을 보랭백에 차곡차곡 다시 담았다. 언니가 다 먹어 치웠다고 생각했는데 엄마가 싸준 반찬은 그대로 남아 있었다. 그날 아침의 기억을 조각내지 않고 통째로 간직하고 싶었다. 언니의 행복한 한때를 기억하고 싶었다.

집으로 돌아갈 준비를 마치고 나서 언니를 흔들어 깨웠다. 언니가 헉 놀라며 일어났다. 아침이 된 걸 보고 안심하는 눈치였다. 아직도 아침을 기다리는 걸까. 내가 떠나자고 하면 뭐라고 말할까. 침대 머리맡에 놓여 있는 거북이 인형을 집어들어 언니에게 건넸다.

"그만 가자."

언니는 멍하니 내 얼굴을 바라보았다.

"이것 때문에 왔구나."

"늦게 와서 미안해."

"내가 보고 싶어서 온 줄 알았어."

"잊고 살아서 미안해."

"아니야. 나도 너한테 사과를 못했잖아. 이제라도 할 수 있어 기쁘다. 그땐 정말 미안했어. 네가 미웠어. 세상이 싫었어. 일부로 널 버렸어. 사람들이 전부 불행해졌으면 좋겠다고 생각했어."

"괜찮아."

"행복해졌니?"

"그런 거 같아. 평생 내 손을 놓지 않을 사람을 찾았거든."

"축하해."

언니가 인형을 받아들었다. 나는 무당이 챙겨준 가위를 건넸다. 언니는 잠시 망설이다 인형의 배를 갈라 그 속을 파내어 작은 종이 뭉치를 꺼냈다. 그러고는 거침없이 인형을 잘라냈다. 인형이 조각나도록 가위질을 멈추지 않았다. 나는 조용히 방문을 닫고 집에서 나왔다. 무당은 어제 헤어진 그 자리에서 나를 기다리고 있었다.

"잘했어."

무당이 내 등을 토닥여주었다. 인형을 없앴으니 더는 언니가 보이지 않을 거라고 했다. 아마도 언니는 곧 떠날 거라는 말도 덧붙였다. 그러고는 잠시 점집에 들러 남편을 위한 부적을 받아가라고 했다. 무당이 모시는 할머니가 그 방면에서 전문가라고 했다. 연초마다 들러 새 부적을 받아가면 된다고 했다. 그런 건 공짜로 받아가면 안 되니 올 때 젤리나 두어 봉지 사 오라고 했다. 그리고 목야를 지날 때는 젤리 한 봉지를 바다에 탈탈 털어 넣어달라는 부탁도 했다. 참 이상한 무당이었다. 유쾌하고 따뜻했다.

나는 뒤돌아서 언니의 집을 바라보았다. 아무도 찾지 않은 빈집이 홀로 쓸쓸히 동네를 지키고 있었다.

안녕. 잘 가. 미안했어.

*

목야의 집을 보러 가기로 한 날, 나는 남편과 여객터미널에서 만나기로 약속을 잡았다. 남편은 회사에 반차를 냈다. 나도 간신히 아프다는 핑계로 조퇴를 했다. 직원 몇이 또 한꺼번에 관두는 바람에 오늘이 아니면 또 언제 시간이 날지 장담할 수가 없었다.

"어딜 간다고?"

전화통화를 엿들은 엄마가 버스 정류장으로 향하는 나를 쫓아와 내 어깨를 잡았다.

"목야."

내 목소리가 얼마나 냉랭한지 나조차 얼어붙을 정도였다. 왜 엄마에게 이리 매몰찰까. 목야에 가지 못하게 막을까 봐 그랬다. 엄마가 그러리라는 걸 알아서.

"가지 마."

"왜?"

"목야는 안 돼."

"왜 그렇게 싫어해? 엄마도 거기서 태어나고 자랐잖아."

그곳 사람들은 엄마의 사정을 봐주기로 했는데. 빌린 돈을 갚을 때까지 기다려주기로 했는데. 이제 목야에 가서 그 사람들을 만나보자고, 아빠의 보험금으로 이자까지 쳐서 갚자는 말을 삼켰다. 지금의 엄마는 그 사람들에게 돈을 빌린 적이 있다는 사실조차 잊은 것 같았다. 목야로 돌아가면 나를 알아보는 사람이 생길 수도 있다. 엄마의 빚이 나에게로 옮겨올 수도 있다. 엄마는 나에게 그런 존재다. 짐만 지운다. 빚만 만든다.

"너 거기서 죽을 뻔했단 말이야. 그 생각만 하면 난 아직도 끔찍하다고."

"안 죽었잖아."

"또 그런 일이 생길 것 같단 말이야. 왜 하필 목야야. 왜 하필 목야냐고!"

"이젠 나를 지켜줄 사람이 있어. 그땐 아무도 날 지켜주지 않았지만."

마침 여객터미널로 가는 버스가 도착했다. 나는 엄마를 두고 혼자 버스에 올라탔다. 그냥 잘 살라고 말해주면 좋았을 텐데. 집이 생겨 이제 안심이라고, 둘이서 행복하게 잘 살라고. 엄마가 버스 밖에 낙담한 얼굴로 서 있었다. 엄마는 엄마의 삶을 살아. 나는 내 삶을 살 테니. 엄마를 돌아올 수 없는 곳에 내다버리고 혼자 떠나는 기분이었다. 이제 그만 괴롭고 싶다. 엄마에 대한 죄스러움도 여기다 내다버리고 가고 싶다. 우리 이제 각자 살자. 혼자 나를 키워온 엄마에게 해서는 안 될 말을 내뱉어버리고 싶었다.

목야를 오가는 여객터미널은 한창 새단장중이었다. 목야대교가 개통하고 나면 여객선은 섬 주변을 둘러보는 관광선으로 탈바꿈할 것이라고 했다. 여객선을 기다리며 목야와 연결되고 있는 다리를 봤다. 저 다리를 건너면 언제든 목야로 갈 수 있다. 우리가 이사를 갈 즈음엔 트럭에 짐을 싣고 다리를 건널 것이다. 엄마처럼 배에 꾸역꾸역 짐을 싣고 나가지 않아도 된다. 버스도 다닐 것이다. 모아놓은 돈으로 차를 살 수도 있다. 나는 엄마처럼 살지 않을 것이다. 남편을 잃지도 않을 것이다. 내 삶으로 증명해보일 것이다.

"간단히 먹을 것 조금 샀어. 빵이랑 과일이랑 음료수 같은 거."

남편은 쇼핑백을 들고 나타났다. 조금이 아니었다. 둘이
서는 다 먹지 못할 만큼 빵이 잔뜩 들어 있었다. 남편은 내가
빵을 좋아하는 줄 안다. 쉬는 날이면 빵을 먹었다. 밥 냄새는
질렸고 식당에서 가져온 잔반을 쉬는 날까지 먹고 싶지 않
았다. 빵을 먹고 나면 속이 부대꼈다. 그럼에도 꾸역꾸역 먹
었다. 그래서 남편은 쉬는 날마다 빵을 사다주었다.

"시간 다 됐다. 타러 가자."

나는 능숙하게 남편을 이끌었다. 목야는 내 고향이니까.
고향으로 돌아가는 길이니까. 여객선 안은 한산했다. 아는 얼
굴은 당연히 없었다. 나를 알아보는 사람이 없다는 게 다행
스러웠다. 목야에서 살던 때의 기억을 억지로 캐낼 생각은
없었다. 기억이 가라앉은 데에는 다 이유가 있는 법이었다.

"무슨 생각 해?"

여객실에 앉아 창밖만 바라보았다. 내가 아무 말이 없자
남편이 잡고 있던 손을 툭 치며 물었다.

"바다가 너무 넓다는 생각."

"넓고 깊지."

남편이 내 어깨에 머리를 기대고 눈을 감았다. 큰 너울이
일어서 배가 심하게 일렁였다. 돌아오는 배는 뜨지 못할지
도 모르겠다고 매표소의 직원이 경고했다. 엄마에게 마지
막으로 건넨 말이 가슴에 걸렸다. 엄마가 나를 지키지 못했

다는 말은 하지 말았어야 했는데. 남편의 단단한 손을 잡았
다. 이 손을 절대 놓치지 않을 것이다. 이 손을 놓치면 다시
엄마에게 돌아가야 할 것만 같으니까.

*

남편을 깨웠다. 남편은 틈만 나면 잠들었다. 그동안 밀린
잠을 한꺼번에 다 자버리겠다는 듯이. 무당이 준 부적은
효과가 좋았다. 남편을 찾아오던 귀신들이 더는 나타나지
않는다고 했다. 남편은 언제 무당을 만날지 모른다며 늘
젤리 두어 봉지를 주머니에 챙겨 다녔다. 남편의 주머니에
서 바스락 소리가 날 때마다 웃음이 났다.

목야는 이전처럼 멀게 느껴지지 않았다. 여객선에서 내
리자마자 젤리 한 봉지를 까서 바다에 털어버렸다. 여객선
에서 하고 싶었는데 남편의 잠을 깨울까봐 하지 못했다.
남편의 흰자위가 시뻘겠다. 남편이 어서 밀린 잠을 다 몰
아 자고 개운하게 하루를 시작하면 좋겠다. 우리는 이사
할 집부터 들른 후에 점집에 가보기로 했다. 이번에는 남
편이 나를 이끌었다. 남편을 따라가는데 길이 낯설지 않았
다. 우리는 동시에 걷고 있었다. 한 발 한 발. 두 사람이 아
닌 한 사람처럼.

"여기야."

그 집이었다. 무당과 함께 왔었던, 언니와 하루를 보냈던, 언니가 너무도 사랑했던 집. 대문이 활짝 열려 있었다.

"들어가자."

"이 집이야?"

"응. 왜? 맘에 안 들어?"

"아니, 그게 아니라…… 이 집이 당신 아버지 집이었다고?"

"아니. 그 집은 팔았어. 이 집을 사느라."

"이 집을 샀다고?"

"전에 말했지. 우리 엄마가 나 버리고 재혼했다고. 이 집이었어. 엄마가 재혼하고 나서 한때 살았던 집. 이 집에서 사는 게 내 꿈이었는데. 이후에는 엄마가 재혼한 아저씨의 딸이 혼자 살았어. 그분이 내가 이 집을 물려받길 원했대. 나도 아버지가 살던 집에선 별로 살고 싶지 않았고. 섬뜩하잖아. 여차여차해서 그 집을 팔고 이 집을 얻게 됐지. 거기까진 말을 못했네. 미안."

"그랬구나. 괜찮아. 이해해."

우리는 이 집을 통해 서로 연결되어 있었다. 우연히 만난 줄 알았는데 우리의 인연은 넓고 깊었다. 내게는 다정하기만 했던 아줌마는 자기 아들에게는 왜 그렇게 매정했을까. 내가 엄마를 미워했듯 아줌마도 자신의 아들이 미웠을까. 남편은 엄마라는 호칭조차 싫어했다. 결혼 초반에는 우리 엄마에게 '어머니'라고 부르는 것조차 힘들어했다. 나는 한

동안 고민하다가 입을 다물었다. 내가 당신의 엄마를 만난 적 있다고, 당신의 엄마가 발라준 생선살을 꼭꼭 씹어 먹은 적이 있다고, 손을 잡고 함께 시장을 돌아다녔다고, 그조차 기억의 일부에 불과하다고 말할 수는 없었다.

"아버지는 왜 하필 엄마가 사는 동네에 집을 샀나 몰라. 엄마를 끝까지 괴롭히고 싶었던 걸까. 정말 나쁜 사람이라 니까. 그런 사람의 아들이라 미안해."

남편이 또 사과를 한다. 아버지의 이야기를 털어놓은 후 자주 사과를 했다. 자기가 미안할 일도 아닌데 버릇처럼 미안하다고 했다. 남편은 좋은 어른으로 자랐다. 자신에게 피를 나누어준 아버지처럼 되지 않으려고 부단히 노력했는지도 모르겠다. 나는 남편을 믿는다. 어떠한 상황에서도 선의를 지켜낼 사람이란 걸 안다. 언니에게도 이런 사람이 한명이라도 있었다면 좋았을 텐데. 낮은 담장 너머로 언니가 손을 흔들고 있는 것 같았다. 이 집은 언니가 우리에게 준 선물이었다.

남편이 주머니에서 열쇠뭉치를 꺼내 흔들어보였다. 우리집 열쇠라고 했다. 남편이 열쇠로 대문을 열어주었다. 무성했던 잡초가 말끔히 잘려나갔고 쓰레기도 깨끗하게 치워져 있었다. 남편이 미리 청소업체를 불러 집을 치웠다고 했다. 그가 마당을 둘러보는 사이 나는 현관 앞으로 갔다. 굳게 잠긴 문을 잡아당겨보았다. 초인종을 누르면 언니가 뛰어나와 반갑게 맞아줄 것 같았다. 남편의 손에 들린 가방을 받아들며 하룻밤 자고 가라 말할 것 같았다. 언니의 안부가 궁금했다. 잘 갔을까. 좋은 곳에서 평화롭게 지내고 있을까. 거기서도 아침마다 좋아하는 일들을 습관처럼 하고 있을까.

집안도 깨끗하게 청소되어 있었다. 케케묵은 먼지 냄새가 사라졌고 바닥은 보송보송했다. 창으로 집안 깊숙이 햇빛이 밀고 들어왔다. 보일러를 틀지 않아도 따끈따끈했다. 따로 가구를 들일 필요도 없었다.

"여기 있는 거 우리가 다 써도 되나?"

남편이 고개를 끄덕였다. 전부 우리 거라고 했다. 그렇지만 찜찜하면 싹 다 바꾸어도 좋다고 했다. 나는 고개를 저었다.

"이삿짐이 확 줄겠네."

"응. 옷이나 단출하게 챙겨서 들어오자."

"새롭게 다시 시작해. 여기서."

우리는 거실 한가운데에 손을 잡고 가만히 섰다. 기분이 이상했다. 마음이 복잡했다.

"이 집에 살던 사람, 어머니와 재혼한 아저씨의 딸이라던 사람 말이야. 만난 적 있어?"

남편에게 물었다.

"응. 두 번."

남편이 잠시 뜸을 들이더니 말을 이었다.

"엄마는 나를 원한 적이 없어. 아버지 때문에 강제로 나를 가졌고 낳게 된 거라 아버지를 닮은 나를 보는 게 끔찍하게도 싫었겠지. 버리고 싶었을 거 같아. 그런데도 나는 늘 엄마가 그리웠어. 어렸을 적에 엄마가 너무 보고 싶어서 외할머니를 졸라 여기 찾아왔던 적이 있거든. 엄마한테 매몰차게 쫓겨났지만. 그때 누나를 처음 봤지. 저 누나가 우리 엄마랑 이 집에서 산다고 생각하니. 어찌나 부럽던지."

"다음엔? 또 언제 봤는데?"

"누나가 이 집에서 죽었어. 이웃의 신고로 죽은 누나를 발견한 경찰이 유언장을 찾아냈어. 이 집을 비롯한 누나의 모든 소유를 나에게 넘긴다는 말과 함께 엄마의 연락처가 남겨져 있었대. 제대로 된 유언장이 아니라 쓸모가 없었지만. 아버지의 집을 팔고 이 집을 사게 되었을 때 다시 와봤어. 그런데 누나가 있더라. 가위눌릴 때 말고는 귀신을 본 적이 없었는데. 그런데 별로 무섭진 않더라. 괴롭지도 않고. 그냥 불쌍해서 눈물만 났어. 누나는 내가 잘 살았으면 좋겠대. 세상에서 제일 행복했으면 좋겠대. 그래서 나한테 이 집을 주고 싶었대."

남편이 덤덤하게 말했다. 이젠 엄마 이야기를 할 때도 목소리가 더이상 떨리지 않았다. 그렇다고 해서 괜찮아진 건 아닐 거다. 유년기에 받은 상처는 영원히 아물지 않으니까. 딱지가 앉지도, 흉터가 아물지도 않는다. 무당이 모시는 할머니가 내 기억을 봉인시킨 이유가 그 때문일지도 모른다. 아물지 않는 상처를 가지고 살아온 어른의 배려였을까. 남편의 기억을 봉인시켜주고 싶었다. 그리할 수 없기에 말하지 않기로 했다. 남편이 나를 볼 때마다 엄마를 떠올리게 된다면 나 역시 남편에게 상처를 주는 존재가 되고 말 것이다. 남편이 받아야 했을 사랑을 내가 대신 받은 것 같아 미안했다. 그래서 언니와 만난 적 있다는 이야기도 하지 않기로 했다. 언니에 대해 이야기하면 아줌마에 대한 기억도 따라나올 테니까. 어두컴컴한 방 침대 위에 오도카니 홀로 앉아 있던 언니의 외로운 옆모습이 떠오른다. 그 모습은 영영 혼자 간직하기로 했다.

"우리 행복하게 잘 살자."

"고마워. 이 집에서 함께 살아줘서. 평생 꿈이었는데. 당신이라서 가능했던 것 같아."

남편이 내 손을 잡았다. 집안이 고요했다. 이 집에 있으면 마음이 편안해진다. 그거면 될 것이다. 다른 건 필요 없었다. 더는 알고 싶지 않았다.

작가의 말

종종 없는 사람들을 생각합니다. 곁에 머무르다 사라진 사람들을 떠올리면 아직 꿈같습니다. 나 역시도 언젠가 없는 사람이 될 텐데, 기분이 이상합니다. 육체는 영혼의 껍데기일 뿐이구나 싶어 모두 부질없게 느껴지기도 합니다. 이 세상이 온통 가짜 같습니다. 삶을 어떻게 살아야 하는지, 왜 사는 건지 그래서 대체 내가 태어난 이유는 무엇인지 신에게 기도로 물어봅니다.

"그런즉 믿음, 소망, 사랑, 이 세 가지는 항상 있을 것인데 그 중의 제일은 사랑이라." (고린도전서 13:13)

육체의 껍데기를 벗었을 때 영혼을 빛나게 해주는 건 이 땅에서 주고받은 사랑일지도 모릅니다. 빛나는 사랑으로 채워진 영혼들은 저기 저멀리 아름답고 풍요로운 곳에서 걱정없이 지내고 있을 테지요. 그러니 태어난 이유도 살아가는 이유도 사랑이 아닐까요. 없는 사람 중 아직 우리 곁에 머무는 존재에 대해 생각합니다. 그들이 이 땅을 떠날 수 없게 된 사연은 뭘까. 원한이나 미련 때문일까. 부족했던 사랑 때문이 아닐까. 껍데기를 벗는 날에 나는 훌훌 잘 떠날 수 있을까…….

죽음에 관한 생각에 너무 깊이 빠지는 건 좋지 않은 것 같으면서도 외면해서도 안 될 것 같습니다. 죽음을 생각하면 마음이 한순간에 너그러워지니까요. 사랑하는 사람들에게 미안해지니까요. 더 사랑하고 싶어지니까요. 모르는 사람들까지 전부 껴안고 싶어지니까요. 허무하게 느껴지는 삶이라 할지라도 사랑은 남는 것 같습니다.

하루 한 번은 죽음에 대해 생각해보려고 합니다. 오늘도 긴 잠에서 깨어났음에, 사랑하는 사람들을 마주했음에, 하루를 무사히 살아갔음에 감사하다 보면 언젠가 죽음이 도래했을 때 미련 없이 잘 떠날 수 있을 것 같습니다.

황예인 편집자님, 한수림 편집자님, 최고라 편집자님에게 사랑을 전합니다. 그리고 이 책을 읽어준 독자분들께도 사랑을 전합니다. 모두, 사랑합니다.

아직은 있지만 언젠가 없는 사람이 될, 정지혜

정지혜 연작소설
없는 사람들을 생각해
ⓒ 정지혜

초판 인쇄	2024년 7월 30일
초판 발행	2024년 8월 8일

지은이	정지혜
펴낸이	지영주
편 집	한수림 최고라
표지 디자인	퍼머넌트 잉크
표지 일러스트	idealsyn
본문 디자인	데시그
마케팅	최기현
경영 지원	정의정 신세련

펴낸곳	㈜자이언트북스
출판등록	2019년 5월 10일 제2019-000085호
주소	경기도 고양시 덕양구 덕은1로 5 2층
전화	070-7770-8838
팩스	02-516-5320
홈페이지	www.giantbooks.co.kr
전자우편	books@giantbooks.co.kr
인스타그램	https://www.instagram.com/giantbooks_official
ISBN	979-11-91824-43-8 (03810)

• 이 책의 내용을 재사용하려면 저작권자와 자이언트북스의 동의를 받아야 합니다.